子連れ魔王の初恋成就

Kano Naruse
成瀬かの

CHOCOLAT BUNKO

ILLUSTRATION 亜樹良のりかず

CONTENTS

一仕事終え帰宅する。カードを翳《かざ》してエントランスに入り、エレベーターに乗るとまたカードを翳して七階を押し、部屋のあるフロアで降りた男はギクリとした。廊下に見知らぬ青年の姿があったからだ。

蛍光灯の寒々しい光の中、スリングに入れた赤ん坊を抱く青年はぞっとするほど綺麗だった。

年齢は二十歳を少し越えたくらいだろうか。大学生くらいに見えるが、男の知っている馬鹿どもとは違い、隙のない目つきをしている。瞳も前下がりにカットされた髪も艶《つや》やかな黒で、毛穴など全く見えない膚《はだ》の白さを引き立てる。薄い唇は仄かに色づき、キスを誘っているようだ。目つきさえ悪くなければその筋の連中に高く売れそうな上物だ。

何食わぬ顔で青年の傍《そば》を通り過ぎ自室の前で鍵を取り出して男はぎょっとした。エレベーターの近くにいると思っていた青年がすぐ後ろにぴったりと立ち、首筋のあたりのにおいを嗅ごうとしていたからだ。

「何しやがる！」

赤ん坊がいるのも忘れとっさに肘で押しのけようとすると、顔を掴まれ後頭部を扉に叩きつけられた。

「……がっ……」

鋭い痛みに思考が塗り潰される。男が必死に苦痛をやり過ごそうとしている間に青年は男の手から落ちたアタッシュケースを拾い上げ、開けようとした。

だが、開かない。当然だ。鍵が掛けてある。

男は苦痛に呻きつつもにやりと笑んだ。部屋の中には仲間がいる。青年がアタッシュケースの鍵に手こずっている間にきっと出てきてくれることだろう。そうしたら、この苦痛のお返しをしてやる。

だが、開かないと知るや青年はアタッシュケースを弄《いじ》るのを止め、まだ鍵の掛かっている扉に蹴りを入れた。綺麗な顔をしている割にやることが荒っぽい。

セキュリティ重視のこのマンションの扉は丈夫だ。普通なら、蹴ったくらいでびくともしない。もし銃撃されたとしても大丈夫だと、不動産屋の営業が冗談を言っていたくらいなのに。

まるで真ん中を指で弾かれたアルミホイルのようだった。信じられないくらい変形した扉は、たった二回蹴っただけで、部屋の内側へと吹っ飛んだ。

ちょうど玄関に辿り着いたところだったらしい仲間の一人が扉の下敷きになり悲鳴を上げる。少し遅れて出てこようとしていたもう一人に、青年は持っていたアタッシュケースを投げつけた。

一体どんな怪力で投げたのか、腹にアタッシュケースを受けた男は壁まで吹っ飛び、意識を失った。口元から溢れ出した血の不穏《ふおん》さに男は身震いする。

「――何だ、おまえは」

セキュリティシステムが警告音を発する中、青年は綺麗な顔に邪悪な笑みを浮かべた。

「悪魔だ」

スリングの中で子供がもぞもぞし、だでぃ？　とむずかる。

「ん？　目が覚めちまったか、リト。もうちっと寝てていーぞ」

「何が目的だっ」

赤ん坊の顔を覗き込み、ふくふくとした頬をつついてやっていた青年が顔を上げた。

「金だ。あんたが俺の友人を騙くらかして盗った金を返してもらいに来たんだよ」

男は蒼褪《あおざ》めた。友人というのがどのカモのことかはわからないが男は確かに投資関係の詐欺《さぎ》で稼いでいたからだ。

「人聞きの悪いことを言うな！　元本が保証されないってことは最初から――」

「そーゆーゴタクはいらねえ。――おまえらにも荷担している悪魔がいるのかと思ってたが、いないようだな。話が楽で助かったぜ」

まるで理解できなかったが、青年がとんでもない怪力の持ち主であることは明白だった。恐らく青年が本気だったら、最初に男の頭など熟《う》れ過ぎたトマトのように弾けていたに違いない。

被害を少しでも軽微に留めるため、男は震える手でアタッシュケースの鍵を取り出す。

「それはやる。だから早く出て行ってくれ」

「ああ？　鍵なんざいらねえよ。そのケースよりこの部屋の方が金のにおいがする」

部屋を荒らす必要もなかった。軽く赤ん坊を揺すりながらすんと鼻を鳴らしただけで青年はまっすぐキャビネットへ向かって歩きだした。隠してあった小型金庫を見つけると扉を引《ひ》っ剥《ぺ》がす。

「嘘だろう……!?」

「ひのふのみっと……。こいつは返してもらうぜ。運が悪かったな、おっさん」

札束がスリングの隙間に突っ込まれる。寝心地が悪くなったのだろう、むずかる赤ん坊の額に青年がキスした。

「悪ィな。ちょっとだけ我慢してくれ、リト」

扉がなくなってしまった玄関の外から、エレベーターの到着を告げるベルの音が聞こえてくる。続く複数の足音に、男はここからは自分のターンが始まるのではないかとほんの少しだけ期待したが、人がやってくる気配に気づいた青年は肩を竦《すく》めると窓を叩き割った。

そのままひょいと窓枠を乗り越え、視界から消える。

+　+　+

のどかだ。

天空はどこまでも澄んだ青に覆われていた。

貴重な陽射しが凍てつくような寒さを緩め、生ある者たちを外へと誘う。おいで。おいで。世界はこんなに美しい。

小規模なショッピングモールには燦々《さんさん》と陽が降り注ぎ、カフェや雑貨店で囲まれた円形の広場では目に見える世界だけを信じる純真な人々が冬の貴重な日差しを浴びつつそれぞれに昼下がりを過ごしている。

青年はベンチでぬるくなりつつあるチョコレートドリンクを啜《すす》りながら、今日の狩りの獲物《えもの》を選んでいた。

広場に並べられたテーブルにいる女は五人だ。上等なカシミアのコートで身を包み機関銃のようにノートパソコンのキーを連打しているビジネスウーマンに、くすんだあんこ色のコートにショールを重ね眠そうに文庫本を読んでいる冴えない女。それから噂話に興じているママ友三人組。

ママ友たちはかしましくお喋りしながらも連れている王子さまやお姫さまの世話を細やかに焼いていた。口元を拭いてやったり、悪戯《いたずら》した子の頬を摘まんでむにむにしながら諭《さと》したり。

　青年も真似て、我が子の頬に手を伸ばしてみる。

　むにむにと揉んでみている間、青年も幼な子もどこか生真面目《きまじめ》な表情で見つめ合っていた。

「餅みたいだな」

　気が済んだのだろう。ふっと笑んだ青年は膝の上の子を持ち上げると、ママ友たちの方へと向けた。

「よし、リト。あのおねーさんたちにこんにちはしてきな」

　こっくりとリトが頷く。

「上手にできたら、おやつは苺《いちご》だ。わかったか？」

「んっ」

　両脇を持って地面に下ろせば、幼な子はおむつで膨らんだ尻を振り振り歩きだした。

　ぴこぴこ、ぴこぴこ。

　ベビーシューズの底に仕込まれた笛が底抜けに陽気な音を立てる。一歳半になるがリトはまだ足下がおぼつかない。小さなあんよが石畳を踏み締めるたびにへたりと座り込んでしまうんじゃないかと不安になる。

　ストローをくわえたまま息まで止めて見守っていると、リトは無事に広場を渡りきり、若いママの一人の足に抱きついた。

「きゃ……っ」

「あら、まあ」

「あっは、可愛《かわい》い子ね。知ってる子？」

羊耳のついたフーデッドコートを纏《まと》ったリトは世界一可愛い。上目遣いににっこりと笑めば、ママたちの顔も綻ぶ。

満を持し、青年はベビー用品の詰まったトートバッグを持ち上げ、歩き出した。

「悪ィな、邪魔をして」

口角を上げて微笑み掛ければ、揃って顔を上げたママ友たちの頬がほんのりと上気する。この瞬間、青年は確信した。

行ける。

青年は作り物めいた美貌の持ち主だった。それなのに話し方も言う内容も男くさい――というか、がさつだ。そのギャップが魅力的に映るのか女に非常によくモテる。それでも一人の時に声を掛けられたなら警戒したであろう男に、ママ友たちは愛想のいい笑顔を向けた。相手は子供連れのイクメンだし友達もいる。危ないことは何もないと思っているのだ。リトが作ってくれたきっかけを生かし感じのいい会話を交わし友人カテゴリに入ってしまえば、次にどこかで『たまたま』会った時にも警戒されずに済む。ここまでくれば誘惑するのは簡単だ。そんなことないと言う悪魔はよほど腕が悪いのだ。

「こんにちはー」

「この子のパパですか？」

青年は後ろからリトを抱き寄せた。頬摺りして見せ、子煩悩《こぼんのう》ぶりをアピールする。

「ああ。うちの子がすまねえな。俺と同じで美人に目がないんだ」

「あはは、美人だって！」

女たちが満更でもなさそうに笑いさざめく。

「この子はリト。俺はレモンだ」

「レモン、さん……？　ええと、本名、ですか？」

「お仕事は何をされているんですかあ？」

平日の昼間である。モールには他に若い男の姿はない。立ち上がり、適当な冗談で煙に巻こうとした時だった。ぶわっと全身に鳥肌が立った。

「……？」

直感に従い振り返ると、中庭の反対側に立つ男と目が合う。

男もここでレモンに会うとは思っていなかったらしい。驚いたような顔をしたが次の瞬間には獰猛《どうもう》な笑みを浮かべた。

「レモン、か？」

「ヴィクター!?」

——まずいぞ、まずい。まずいまずいまずい……!

男は比較的長身の部類に入るレモンよりさらに大柄だった。格好をつけて傾けられた革のフェドラから覗く髪の色は明るく、緩く波打っている。深い赤のドレスシャツに派手なネクタイ、三揃いのスーツの上にロングコートを羽織った姿はまるで映画に出てくるギャングだ。彫りの深い顔立ちは日本人ばかりの土地にいると目立つことこの上ない。瞳の色はチェスナットブラウン。浅黒い膚がエキゾチックだ。

同い年のはずなのに、顎にうっすらと無精髭《ぶしょうひげ》を生やした男は一回りも年上に見えた。渋みが加わった風貌に、一瞬で心を奪われそうになる。

——駄目だ。この三年間を無駄にする気か?

「レモン……!　ははは、ようやく見つけたぜ、この野郎!」

男が喜色も露わに地を蹴った。ロングコートの裾がはためく。

「やめろ、来るな、ヴィクター……おわあっ」

ガタイのいい男にタックルする勢いで抱きつかれ、レモンはよろめいた。

きゃあと女たちが悲鳴めいた声を上げる。

レモンは男を引っぺがそうとしたが逆に後頭部を掴まれ、引き寄せられた。そのまま、食らいつく勢いでくちづけられ、モールの一角がしんと静まりかえる。

今や女たちのみならず中庭全体がタイプの違う二人の男のラブシーンを注視していた。

だが、ヴィクターは視線など欠片《かけら》も気にしない。公衆の面前で必死に分厚い胸を押し返そうとするレモンの口腔内に深く舌をねじこみ、蹂躙《じゅうりん》し続ける。

「んう……っ」

ねっとりとしたキス。

淫猥《いんわい》な舌の動きにレモンの指先から力が抜ける。押し返すのを諦めた手が崩れそうな足下を支えようと厚みのある肩に縋《すが》ると、ヴィクターはようやくキスをほどき満足げに唇を舐めた。

「おっと腰が砕けたか。悪ィな。自制できなかった。でも、何も言わず姿を消したおまえが悪いんだぜ、レモン。何でこんなことしたんだ？　姿を消せば俺の気を引けるとでも思ったのか？」

ちゅっと音を立ててまたキスされ、レモンは鼻に皺《しわ》を寄せる。

「馬鹿か。そんなことがあるわけないだろうが」

「ともあれ念願の再会だ。今まで誰とどこで何をしていたのか教えてもらわねえとな。じっくりたっぷりベッドの上で」

「ふざけんな」

「相変わらず素直じゃねえなあ。わかっているんだぞ？　本当は俺に可愛がられたくて仕方がないってことくらい」

ヴィクターが我が物顔でレモンの腰を引き寄せる。だが、自信満々の表情はレモンのふくらはぎに抱きつき不安そうに見上げている羊耳つきのフーデッドコートに身を包んだ幼な子に気がつくなり凍りついた。

「だでぃ……？」

「ダディだと？　レモン、何だこの子は」

指先が肉に食い込み、レモンは顔を顰《しか》める。

突然始まった修羅場《しゅらば》に、居合わせた人々も固唾《かたず》を呑んだ。

「何だっていいだろうが」

「いい訳あるか。おまえの子か？　いつ作った。相手は誰だ！」

レモンは肘を使いヴィクターを引っぺがす。

「あんたには関係ない！」

握り締めた拳をヴィクターのみぞおちに叩き込む。魔力を込めた一撃にヴィクターが息を呑み、躯《からだ》をくの字に曲げた。

今だ。

レモンはベビーコートの背中を引っ掴むなり猛然と走りだした。

「くそう、逃がすか……っ」

手足をぶらんとさせているリトを小脇に抱え直すレモンの背中を睨みつけ、忌々しそうに吐き捨てたヴィクターの額には脂汗《あぶらあせ》が浮いている。その顔を間近から見てしまった女が息を呑んだ。ヴィクターの瞳孔《どうこう》が猫のように細くなり、チェスナットブラウンだった瞳が金色に輝いていたからだ。

＋　＋　＋

お出かけ用のベビー用品一式を詰め込んだママバッグならぬパパバッグを置いてきてしまったのを思い出したのは、モールを抜けてからだった。

「くっそあのトートバッグ、お気に入りだったのに……！」

手に馴染み始めていた厚みのある布地はシックな黒。内部にも外側にもポケットがいくつもついていて使いやすかった。

だが、トートバッグを拾い上げるための数秒が明暗を分けたかもしれない。魔界に強制送還されずに済んだと思えば、トートバッグなど安いものだ。

ぶるっと身震いすると、レモンはリトをひょいと持ち替えた。肩車してやると、青空にきゃっきゃと幼な子の声が響く。

――レモンは悪魔だ。三年ほど前、魔界と呼ばれる世界からやってきた。先刻会った男から逃げるために。

念のためにスーパーやコンビニの中を通り抜けて、尾行されていないか入念に確かめてから電車に乗った。日本有数のターミナル駅で人波に紛れて乗り換え、各駅電車に乗って三駅。駅前に広がるほどほどに栄えた商店街を通り抜けて軽自動車がようやく通れる細道に折れれば古めかしい家ばかりが並んでいる一角へと出る。門扉《もんぴ》がない代わりに、玄関の脇から伸びる藤の枝が軒先にアーチを描いているのがレモンが現在生活の拠点としている家だ。

リトを肩の上から下ろしからりと引き戸を開けば、すぐ右手にある台所からこの家の主である陽之介《はるのすけ》が、お、色男のご帰還かと声を掛けてくる。

「随分早いお帰りだが、狩りはうまく行ったのか？」

起きたばかりなのだろうか。くたびれた黒のスウェットの上下を纏い、乱雑に延びた髪をゴムで上下二つの団子に纏めている。正真正銘、混じり気なしの人間だが、レモンを悪魔と知ってこの家に住まわせている変わり者だ。

「いや、問題が発生した」

レモンはリトを持ち上げ式台に座らせると、長身を折り曲げるようにしてしゃがみ込んだ。ちっちゃな足から片方ずつベビーシューズを脱がせる。

陽之介が綺麗に拭い終わった眼鏡《めがね》を掛けた。

「問題？　どんな問題だ？」

レモンは黒縁眼鏡の奥の瞳をまっすぐに見上げる。

「元彼と、遭遇した」

モトカレ。

他に適当な表現が見つからず選択した言葉だったが、唇に乗せた途端になんだか馬鹿馬鹿しくなってきた。

陽之介がんん？　と首を傾げる。

「……もとかれ？？　つまり、レモンはゲイだったのか……？　ええ!?」

弾かれたように引いた躯が台所と居間を分ける引き戸にぶつかりガタガタと音を立てた。

人間にしては色んなことに鷹揚《おうよう》でつき合いやすい男だと思っていたのに随分と失礼な反応をする。

悪魔に性のタブーはなく、男だろうが女だろうが構わず交わるし気分次第で相手を変えるが、穴があればいいというわけではない。

「おい。俺だって好みってものがあるんだが」

目を据わらせドスの利いた声を上げると、陽之介は恐る恐る伺いを立てた。

「つまり、僕は好みじゃない……？」

「欠片もな」

陽之介が上擦った笑い声を上げ元の場所に戻る。

「は……はは、なんだ、それならいいんだ。オーケイ、理解した。大丈夫、続けて続けて。あ、菓子買ってきたんだ、茶、飲む？」

「……本当に続けていいのかよ。もしあんたが男と寝られるような奴とは一緒に住めないって言うんなら……」

まあ、住めるようにするのみなんだが。

「僕を掘りたいとか思ってないんだろ？　ならいいじゃんなー、リトー？」

ぺったぺったと板の間を歩いてゆくリトに、陽之介がへらりと笑いかける。

軽い。

だが、そもそもが悪魔に軒を貸すような変わり者だ。本当に自分に被害が及ばなければどうでもいいと思っているのかもしれない。

「で、モトカレと遭遇すると何があるんだ？」

陽之介が湯を沸かし始めたので、レモンは引き戸を開け、廊下を挟んで台所の反対側にある居間へと入り炬燵《こたつ》に足を突っ込んだ。胡坐《あぐら》を掻くとリトが膝の上に躯を捻じ込んできて猫のように丸くなる。

「俺はすっかり終わった気でいたんだが、向こうはそうでなかったらしい。多分追ってくる」

回避できないであろう修羅場を思い、レモンは膝の上に置いた拳を強く握り締めた。

「うっは、情熱的だなー。で、追ってきてしまったら僕はどうすればいいんだ？　門前払いを食らわせばいいのか？」

唖然とする。

門前払い？

何て恐ろしいことを言う男だろう！

「そういうのは無理だと思うぞ。何せ相手は魔王だからな」

「魔王」

「ああ。虫の居所が悪ければ八つ裂きだ。魔眼《まがん》持ちだから隠し事も不可能、全部喋らされる。あいつが来たら何もするな」

陽之介がくるりとこちらに躯を向け、シンクに寄りかかった。薄い唇が中途半端に引き攣っている。

「待って待って。今のって別に笑うところなわけじゃないんだよな？　ええーっと、レモンの元彼って、本当に……魔王なわけ？」

「ああ。出会った頃は違ったんだがな」

「好きになった人がたまたま魔王の息子だったたってことか？」

レモンは首を振った。同時に指をしゃくってぴーぴー言い始めた薬缶を持ってくるよう催促する。

「いや、そうじゃねえ。魔王ってのは人間界の王さまたちと違って世襲制じゃないんだ。魔王が死んだ時点でもっとも優れた資質を持つ悪魔が選ばれてなる」

居間に戻ってきた陽之介が、急須《きゅうす》に熱湯を注ぐ。

「選ぶ？　どうやって？　魔界版全国統一テストでもやるのか？」

「そんなことしなくたってちゃんとふさわしい者に印が現れんだよ。瞳の色が金色に変わって、魔王の力が継承されるんだ」

誰も逆らえない、圧倒的な力が。

レモンは急須に蓋《ふた》をすると、慎重に揺すった。胃がせり上がるような不安を無視しようと努めながら。

魔王というものは滅多に魔王城から出てこないものらしい。だから今まで見つからずに済んだのだろうが、ヴィクターはもうレモンが人間界にいると知ってしまった。

ヴィクターはきっとここに来る。裏切られ傷つけられた矜持《きょうじ》を回復するために。

今のヴィクターにとってレモンなどちっぽけな蟻に等しい。捕まったら飼い殺しにされるだろう。レモンの望みは無視され、ヴィクターの性欲を満たすだけの存在となる。

「金色の瞳って、かっこいいな！」

炬燵の一辺にようやく収まった陽之介は目を輝かせている。所詮《しょせん》この男にとってレモンの去就など他人事だ。

「その時が来たらこんなこと伝えている暇なんかないだろうから今のうちに言っておくぜ。魔王が来たら俺は逃げる。ここにはいつかまた顔を出すかもしれないし出さないかもしれない。ここまではいいか？」

「ん」

湯呑みが玄米茶で満たされる。差し出されたどら焼きの包装紙をぺりぺりと剥《む》くと、興味をそそられたのだろうリトが手を伸ばした。だが、甘いお菓子はまだリトには早い。

掴みかかる手を避け食いつけば、優しい甘さが口の中いっぱいに広がる。今までは甘すぎると思っていたのに、二度と食べられなくなるかもしれないと思うせいかとてつもなくうまい。

男二人で、もそもそとどら焼きを齧《かじ》る。豆腐屋が来たのだろう、ぱーぷーと気の抜ける笛の音が聞こえてきた。

「なあ、魔王さまってどんな奴なんだ？」

食べ終えた陽之介が頬杖を突き、話の続きをねだる。

「……デカくて粘着質。人の話を聞こうとしない勘違い野郎だ」

レモンの答えはにべもない。

「でも、好きだからつきあってたんだろ？」

「いいや」

「好きでもないのにつきあってたのか？　その頃のモトカレは魔王じゃなかったのに？」

「だが、魔眼持ちだった。誰にでも言うことを聞かせられる稀有《けう》な能力だ」

ヴィクターに見つめられた時の頭の芯が痺れぼやけるような感覚を思い出してしまい、レモンは奥歯を噛み締めた。

「へー、じゃあレモンは魔眼で言うことを聞かされていたんだ」

「そうだ」

ヴィクターはいつも好きにレモンを抱いた。厭《いや》だと言っても、おかまいなしに。

ヴィクターに逆らう術《すべ》はレモンにはなかったが、望みはあった。

「俺たちは人間界で言うところの学校で一緒だったんだ。全寮制みたいなもんだったから在学中は逃げようがないが卒業さえすれば自由になれる。ところがあとちょっとってところで、魔王が崩御《ほうぎょ》しやがった」

今でもはっきり覚えている。

形容し難い違和感を覚え目を上げたら、窓の外が真っ暗になっていた。雷光が闇を切り裂き、突然の天変地異に驚いた年少の子たちが悲鳴を上げつつ宿舎へと駆け戻ろうとする姿が浮かび上がる。

思わず手を掛けた窓枠は細かく震えていた。

窓は閉まっているのに蝋燭《ろうそく》の炎が揺れ、消える。レモン？　というヴィクターの声が聞こえ振り向くと、暗くなった部屋の中に二つ、金色の瞳が光っていた。

ヴィクターの瞳はチェスナットブラウンだったはずなのに。

背後の窓ガラスが澄んだ音と共に砕け散る。何かに引き寄せられたかのように飛来した光の玉がすぐ横を走り抜けてヴィクターの躯に吸い込まれていった。

目の前にいる慣れ親しんだ存在が変質してゆく。

レモンたちは幼い頃から何度も何度も繰り返し教え込まれてきた。金の瞳は魔王の刻印。前王の消滅と共にそれを得た悪魔をそれまでと同じ存在だと思ってはいけない。金色の瞳を持つ御方は至高の存在。疾《と》く跪《ひざまず》け——と。

ヴィクターが次の魔王になったのだと気づいたレモンは絶望的な気分に陥った。

——最悪だ。

すぐに大悪魔たちが現れ、ヴィクターの前に跪いた。魔王城へ来て欲しいと乞われたヴィクターはレモンを振り返った。一緒に来るだろ？　と。当然のように。

魔王の命令を拒否することなんて、一介の悪魔には許されない。あとちょっとで解放されるはずだったレモンは歯噛みしつつ頷いた。

ただし行くのは卒業してからだ、と言ったのは最後の足掻《あが》きだ。その間に逃亡できたらと思ったのだが、そうだよな俺もそうしようと返されては元も子もない。

施設で過ごした卒業までの二週間ほどは不快なことの連続だった。

皆が魔王の寵愛《ちょうあい》が約束されたレモンを羨み、嫉妬した。

先代魔王の側近だったという大悪魔までわざわざ釘を刺すためだけにレモンに会いに来た。

今までどれだけあの方に気に入られいい目を見ていたかは知らぬが、あの方は今までとは違うのだ。魔王城ではおまえとは比べものにならぬほど美しく格の高い悪魔たちがあの方を楽しませるためにあらゆる快楽を用意している。これまでと同じように侍《はべ》れるとはゆめゆめ思うな。身のほどをわきまえて身を引け……。

長々と続く繰り言を拝聴しつつ、レモンはヴィクターを呪った。どうして俺がこんなことを言われなきゃいけないんだ？　あいつの傍にいたいなんて、俺は一度だって望んだことなどなかったのに。

その時だ。人間による禁術がレモンに届いたのは。

「よりを戻す気なんて全然ない？」

「ああ。顔も見たくねえな」

ふてぶてしい物言いとは逆に、レモンの片手は不安そうに己の躯を抱いていた。その仕草に気がついた陽之介が僅かに目を細める。

「そっか、わかった」

色々あったとはいえ、ヴィクターに翻弄《ほんろう》され続けていた頃に比べれば人間界に来てからの日々は平穏そのものだった。レモンは誰に従わされることもなく女たちを手玉に取り、思うがまま振る舞ってきた。

今ここにいる俺こそが俺だ。

俺は俺を失いたくない。

「ところでさあ、レモンがいない間にまた怖いおにーさんが来たりしたら、俺、どーすればいいんだ？」

ぐいーんと躯を前傾させた陽之介に下から顔を覗き込まれたレモンの手の中で、湯呑みがぴしりと厭な音を立てた。

「計画的に金を使え、借金をするな、ありがちな勧誘に引っかかるな！」

どこか気の抜けた雰囲気を纏うこの男は間も抜けていて、時々信じられない馬鹿をやる。レモンはこの家に住むようになってからその尻拭いをしてやっていた。住む家がなくなったら困るからだ。

「そんなこと言ったって、引っかかるつもりで引っかかったことなんて一度もないし。どうしたらいいかさっぱりわかんねー」

深刻な状況であると説明してもなお頼る気でいる陽之介に、レモンのこめかみが引き攣る。

悪魔は人間と違って、己の欲望に忠実で非情だ。何年馴れ合ってきた相手であろうと関係ない。利害関係がなくなれば容赦なく切り捨てる。同情を誘おうとしたところで効果などないのだと、この男はまだ理解できてなかったのだろうか。

——とはいえ、陽之介はまだ何かの役に立つかもしれない。

「……後で魔法陣を書いてやる。血を垂らせば俺を呼べる奴だ」

「やったー！」

陽之介が拳を突き上げ、びっくりしたリトが目を瞠《みは》った。

「あいつがいる時に使うんじゃねえぞ？」

レモンは炬燵から抜け出しながら釘を刺す。話の流れからわかるだろうに、陽之介は首を傾げた。

「あいつって誰だっけ？」

「魔王だ」

抱き上げると、リトはきゃあと笑い声を上げた。やわらかな髪に顔を埋めれば、ミルクのようなにおいがする。

「……魔王、ヴィクター」

吐き捨てるように呟き茶を飲み干すと、レモンはレポート用紙とやらを数枚貰い、裏側にさらさらと魔法陣を書いてやった。

あらかじめ家の周辺に施していた目眩《めくら》ましの術もチェックし、強化しておく。とりあえずは息を潜めて身を隠し、見つからないことを祈るしかない。レモンにはここ以外、行く場所などないのだ。

軽い夕食を済ませリトを入浴させ、するべきことがなくなると、レモンは二階にある陽之介の部屋へとずかずか入っていった。パソコンのキーボードをカタカタ言わせていた陽之介がオイと突っ込みを入れるが意に介さない。

古い木造住宅は寒く、この家には暖房器具が最低限しかない。一応隣室を与えられてはいるもののエアコンまではなく、レモンは夜になると陽之介のベッドに潜り込むことにしていた。もっとも陽之介自身はホンヤクとやらの仕事をするため夜通し起きているので問題はない。

まあ、何徹か続くといつの間にか陽之介までベッドに潜り込んで寝ていたりするが。

「レモンー、早くいい女引っ掛けて暖房器具を貢いでもらうか何かしろよ。リトだって熟睡できないんじゃないか？　一晩中カタカタ音してたら」

「いつも布団に入ったら三秒で爆睡だ。問題ねえ」

「俺が問題あるんだって……」

新しいロンパースを着せている時から眠そうだったリトは、ベッドの中に下ろすなり、レモンに擦り寄ってきた。もう眠くてたまらないのだ。

掛け布団を肩まで引き上げると、レモンはゆたんぽのようなリトを抱き締め充足の溜息をついた。

部屋の灯りこそ消してあるが、陽之介が向かっているデスクの周りは明るい。だが、これも妨げにはならない。明日になったらするべきことを頭の中で数え上げながら、レモンは眠りに落ちる。

＋　＋　＋

魔王は災厄だ。人間にとっても、魔界の住民にとっても。

ある魔王は退屈だからと人間界に黒死病《こくしびょう》を振りまいた。同族を虐殺《ぎゃくさつ》した魔王も、ただ奢侈《しゃし》に耽って過ごした魔王もいる。先代の魔王が成したのは『施設』の建造だ。

レモンのいた『施設』には、五十人ほどの子供がいた。産まれてすぐ引き取られてきたレモンの生活は『施設』の中で完結しており、外を見たこともなかった。そんな生活をおかしいと思ったことすらなかったのは、他の子も同じだったったからだ。

定められた時に至れば、完璧な悪魔に育ったレモンたちは『施設』から解き放たれる。そうしたら己の力で生きる術を探さねばならない。大悪魔の子であれば親元に帰されるらしいが、レモンを含む大半の者は自分の親が誰かさえ知らない。以前陽之介にこのことを話したら、親の身分に左右されずに平等な教育を受けられるってことだろいいことじゃんと言われたがそうではない。外からの介入がない閉鎖された空間には悪魔の本能のままに、強き者はかしずかれ弱き者は虐《しいた》げられる力のみがものを言う社会が繰り広げられていたのだ。

『施設』はレモンたちの命は保護してくれるが、弱い者を庇《かば》いはしない。悪魔ならばしたたかに立ち回って己の身を守る術を見い出すべきだからだ。

乳幼児の時から『施設』を卒業する日まで周囲の顔ぶれは変わらない。一旦カースト最底辺に堕ちてしまえば誰かの庇護を得ない限り地獄のような日々が続く。幸いレモンの魔力は強く、他人に縋る必要はなかった。庇護を求められたこともあったが、取り巻き《ペット》を侍らせ己の力を誇示する趣味はない。周囲で繰り広げられる熾烈《しれつ》な権力闘争を無視し、ただ『施設』を出られる日を待って淡々と過ごしていたのだが、ある日現れたヴィクターによって平穏な日々は終わりを告げた。

「注目！　この子はヴィクター、今日から『施設』の仲間だ。皆と同じ十歳で、部屋は寮の一階の一番奥だ。質問は？」

『施設』の職員である女悪魔が黒く塗られた爪を気にしながら淡々と告げ、朝一番の講義を受けるため席を埋めた子供たちを睥睨《へいげい》する。

いつもならばわいわいがやがや騒がしいレモンたちは身じろぎ一つせず、新しい『仲間』を注視した。

悪魔の成長速度は個体によって全く違うが、ヴィクターは平均より幾分早いくらいで、ちょうどレモンと同じ人間で言う十六～七歳くらいに見えた。膚は浅黒く、短く整えられた髪は硬そうだ。

レモンたちと同じく『施設』から支給される漆黒のプルオーバーパーカにハーフパンツを着ているものの、『仲間』らしく振る舞う気など微塵《みじん》もなさそうだった。全身から発散される魔力は憎しみに満ちており、離れていてもぴりぴりと膚がそそけだつ。

特筆すべきは魔力の量だ。

ヴィクターが無意識に放つ魔力は上級生も含め、『施設』のどの子供をも凌駕《りょうが》していた。

――まるでモンスター《怪物》だな。

その場にいた誰もがありあまる魔力に嫉妬と畏《おそ》れを覚えたに違いない。

レモンも膚で感じた。ヴィクターは自分たちとはまるで違う、特別な存在なのだと。

「なあ、こいつ、なんでこんな時期に『施設』に来たんだ？」

髪の間から一対の角を覗かせた子が新入りを睨みつけ問う。質問はと聞いたくせに、女悪魔にまともに答える気はなさそうだった。

「そんなことは後で本人に聞け。ああそうだ、ヴィクター、皆に挨拶を」

ヴィクターはにこりともしなかった。ただ睨むような目つきで講義室を見渡し、レモンの上で一瞬だけ視線を止める。

――――？

「無愛想な奴だな。まあいい。講義を始める。ヴィクターも空いている席につけ」

講義室は教壇を中心とした半円形だ。後方の席を目指し階段を上がり始めたヴィクターに、先刻質問した子が話しかけた。にやにやと笑う顔を見れば、どんなことを言っているのか容易に想像がつく。

あいつのことだ、さぞかし腹の立つ挑発をしていることだろう。だが、もう講義が始まるし、後ろには職員がいる。酷いことにはならないと思ったのだが――。

あっと思った時には質問した子の躯が宙を舞っていた。

わっと子供たちが沸き、席を立つ。

投げ飛ばされた子供は、女悪魔の目の前、教壇の上に肩から落ちた。ヴィクターがポケットに手を突っ込み、ゆっくりと階段を下りてゆく。あと三段というところで走り出したヴィクターは思い切り踏み切ると、まだ転がっている子の腹に膝を叩き込もうとした。

「おおおおっ！」

子供はすんでのところで転がり避けたものの、教壇が砕け散る。更に這って逃げようとする子の背中を踏みつけると、ヴィクターはこめかみから伸びる角を鷲掴みにした。

ばきん、という恐ろしい音と共に、角がへし折られる。

「凄えぞ、あいつ！」

「はは、もう一方の角も折っちまえ！」

興奮した子供たちが囃《はや》し立てる。

「ヴィクター」

女悪魔が苦虫を噛み潰したような顔で警告すると、ヴィクターはうっそりと顔を上げ、睨みつけた。

「殺してねえんだから、いいだろ」

ぴりっと、電流のようなものが身の裡《うち》を駆け抜ける。ぞっとするような眼差しから目を逸らせない。

強さも冷酷さも悪魔にとっては美徳だ。

誰に対しても取り繕おうとしないヴィクターは上級生にまで目をつけられたが、結果は同じだった。何度かヴィクターが喧嘩《けんか》を売られるところに遭遇してしまったレモンは慄然《りつぜん》とした。ヴィクターは桁外れの魔力を持っているだけでなく、その年齢からは考えられない高度な魔力の使い方を会得《えとく》していたからだ。

――モンスターめ。

立ち向かう者すべてを残酷に叩きのめしてのけたヴィクターの寵を皆が争い始めた。食堂や図書室、毒草が繁茂する温室で強い悪魔にいかに取り入るかということしか頭にない小悪魔たちに言い寄られ冷たく袖にするヴィクターの姿が頻々《ひんぴん》と目撃されるようになり、誰が最初のペットの座に収まるかに『施設』中の者が注目した。

レモンは逆にヴィクターを避けて歩くようになった。これまであれほど殺伐《さつばつ》とした空気を纏った悪魔は見たことがなかったし興味がなくもなかったが、目を血走らせた小悪魔たちを掻き分けてまでお近づきになるほどの情熱はない。

でも、ある日。

＋　＋　＋

「――――はっ」

気がつくと、部屋が明るくなっていた。頬に触れる空気が冷たい。あたたかいけれど妙に狭苦しいと思ったら、陽之介までベッドに潜り込んで眠っていた。

——あいつもしょっちゅう俺のアルコーブの中に潜り込んできたな……。

『施設』は四人部屋を子供たちに与えていた。

ヴィクターはノックもせず我が者顔で部屋に入ってくると上掛けの下に潜り込んできた。分厚い壁をくり抜き作られた寝床は一人で寝るのがやっとの広さで、レモンはいつもやっきになって押しだそうとするのだが悪魔の膂力《りょりょく》は魔力に比例する。

——くそっ、出てけっつってんだろーがっ。

——遠慮すんな。今日は冷える。あったためてやるよ。おい、何見てんだ。どっか行け。上から、向かいから、寝ていた子供たちが飛び出してきて、部屋を出て行く。押し退けようとする手はシーツの上に縫い止められ、そして——。

レモンはふるっと身震いした。

エアコンは消えていた。リトはぷうぷう寝息を立てている。澄んだ冬の空気の中、レモンは静かにベッドから抜け出すと陽之介のバッファローチェックのシャツを拝借した。袖を通しながら部屋を出て、階段を下りる。

居間の古い石油ストーブに火をつけて、薬缶を載せる。袖口を捲り上げゴムで長い前髪をお団子にすると、レモンは狭い洗面所で顔を洗った。蛇口から迸る水は鮮烈なほど冷たくて、きりりと目が覚める。同時に目覚めた胃が空虚な音を立てた。

「——朝飯」

腹が減っては戦はできぬ。冷蔵庫から卵を四個、ベーコンとトマトを取り出したところでパンがないのに気がつき、少し迷ったもののレモンはシャツの上からシャイニーなピオニーブルーのダウンジャケットを羽織った。人間界は広い。五分外に出たところで、ヴィクターに見つかったりはしないだろう。

炬燵の上にスマホと一緒に置き忘れられていた陽之介の小銭入れをちょろまかして外へと出る。罪悪感はない。悪魔が同じ屋根の下にいるというのに油断した陽之介が悪いのだ。

薄墨を流したような空で覆われた魔界とは違い、朝日に照らし出された人間界はすべてがまばゆい。コンビニエンスストアへと急いでいると、視界の隅で何かが動いた。

「?」

歩調は緩めないまま、視線だけをそちらへと向ける。生け垣の下、朝陽が落とした濃い影の中を走る何かが一瞬だけ見えた。猫ほどの大きさだが違う。骨と皮ばかりのパーツで形作られた小さな人間が獣のように四肢を突いて走っている——。

「マジか」

追っ手だ。思ったより、早い。

どくんどくんと心臓が脈打ち始める。

晴れ渡った爽やかな朝なだけに違和感が強い。歩くペースを上げ、角を曲がるついでに背後を振り返ると、眠そうなサラリーマンに混じって歩くぼろぼろの燕尾服《えんびふく》を着た老人が目についた。白い髪は乱れ、時代がかった片眼鏡の下の瞳には狂気が宿っている。奇異だが道行く人々は老人を気にも留めない。

不意に老人が口端を吊り上げ、黄ばんだ乱杭歯《らんぐいば》を剥き出す。レモンを嘲《あざけ》っているつもりだろうか。

角を曲がるや否やレモンは走り出す。いつものコンビニに駆け込み五秒で食パンをレジに運ぶと、カウンターの下から黒い人型の霞のようなものがにわかに起き上がり、見つけた、と呟いた。

もはやレジを打つ店員の反応など気にしていられない。手を伸ばして黒いものの頭を掴み、魔力を込めて握り潰す。ビニール袋に入れられたパンを引っ掴み入ってきたのとは違う裏通りに面した自動ドアを抜け——レモンはぎくりとして足を止めた。

知った顔がそこにいた。

「レモン」

『施設』時代の仲間だ。少女のように頼りない体躯にぶかぶかのパーカを纏い、ポケットに手を突っ込んでいる。スキニージーンズとハイカットスニーカーに包まれた足は細く、ふんわりとカールした癖っ毛のせいで男なのか女なのかすら判然としない。

大して親しくもなかった仲間がここに現れた意図を推し量りつつレモンはとりあえず

にっと笑って見せた。

「久しぶりだな、シュガー。元気にしてたか？　皆どうしてる」

「知らない」

　無表情にシュガーが答える。声音も平坦で機嫌がいいのか悪いのかすらわからない。

「シュガーはどうしてこんなところにいる」

「レモンが見つかったって、風の噂に聞いた」

　レモンは身構えた。こいつも追っ手か。

　普段はそれなりに人通りがある裏道には人影一つない。それどころか景色は妙に色褪せつつあった。シュガーの魔力の影響だ。シュガーとレモンのいる空間が閉ざされようとしているのだ。

「あ？」

「レモンはヴィクターのこと、好きでも何でもないんだよね？」

「だって、腰を抱かれれば押し退けてたし、キスされそうになったら顔を背けてた」

　どくり、と心臓が不穏な鼓動を刻む。

　そうだ。レモンはヴィクターのキスを恐れていた。

「ああ」

「じゃあ、いい？」

形のいい眉が顰《ひそ》められる。

「何の話だ」

「ヴィクター。僕に譲って。知っての通り、血をくれれば僕はレモンに成り代われる。僕、魔王の第一のしもべになりたいんだ」

初めて僅かにシュガーの唇の端が上がった。

シュガーの特殊スキルは『コピー』。吸血することによって対象のすべてを解析し、模倣することができる。願ってもない申し出だったが、レモンは押し黙った。

ヴィクターの隣に立つ己を想像してでもいるのか、陶酔の表情でシュガーは続ける。

「大丈夫、痛くない。むしろ気持ちいいくらいだし、協力してくれればヴィクターから追われなくて済むようになる。レモンにとっても悪くない取引のはず」

滑るように迫り首筋にキスしようとしたシュガーの顔をレモンは片手で掴んで止めた。

「……レモン？　ヴィクターのこと、嫌い、なんだよね？」

愛くるしいつぶらな瞳が指の間から不思議そうにレモンを見つめる。隙間から尖った牙の先を覗かせた唇を、ピンク色の舌がちろりと舐めた。

「嫌い、だ」

言葉がやけに喉に引っ掛かる。だが、間違ってはいないはずだった。

――だって、あいつといると、俺は立派な悪魔らしくいられない。

「じゃあ、大人しく噛まれなよ」

華奢《きゃしゃ》な手がレモンの手首を掴んだ。下から伸び上がるようにして噛もうとしたシュガーを、レモンは今度は喉を掴むことによって阻止した。

愛らしい顔が歪《ゆが》む。

「わけがわかんない。嫌いならどうして素直に噛ませないわけ？」

魔力が凝縮する気配にレモンは、後ろへと飛んだ。同時にこっそり練っていた魔力を解き放つ。

人間には聞こえないが魔界の生き物にはたまらなく不快な音が空に轟《とどろ》く。シュガーが耳を押さえうずくまるとレモンは全速力で走り始めた。

「あ――――クソが！」

大きく肘を振って、アスファルトを蹴る。ダウンジャケットの下に熱が籠もり、ふつふつと汗が浮き出した。冷たい空気を忙しなく吸い込まされた肺が痛む。

先刻の音で近場にいた連中の五感を狂わせることができたらしく、追っ手の気配はない。だが、レモンは足を緩めない。己を痛めつけるかのように駆け続ける。

枯れているように見える藤のアーチをくぐり、破壊せんばかりの勢いで家の戸を開けると、炬燵に入っていた陽之介が振り返った。

「おかえりー。どこ行ってたんだ？　悪いけど絆創膏《ばんそうこう》貼ってくれよ。包丁で切っちまってさ」

「だでぃ！」

リトが満面の笑みを浮かべはいはいしてくる。

平穏そのものの情景に力が抜けそうになったが、レモンは蹴るようにして靴を脱ぐと、買ってきたパンと小銭入れをその場に置いた。

「わ、るい。はあ、絆創膏は、自分で、巻いて、くれ……！」

「え？」

陽之介が作ってくれた料理には目もくれず、レモンはリトを抱き上げる。ぜえはあ荒い息をつきながら階段を上り、陽之介の部屋の隣、元は物置だった自分の部屋に入るとレモンは拳で額の汗を拭った。思い切り走ったせいで足はガクガクするし汗は止まる気配もない。湿ったシャツが気持ち悪いが着替えている暇はない。

一応後をつけられないよう遠回りをして帰ってきたが、本能が警鐘を発している。ここにいては危険だと。

――目眩ましの小細工は仕掛けてあるが、コンビニからこの家まで五分もない。……移動した方がいいな、これは。

レモンは手早くベビー用品を掻き集め、大きな紙袋に詰める。

最後に一枚だけ自分のシャツを突っ込み、さて出発というところで異臭が鼻を突いた。

「……おい、リト」

「んん……っ」

足下でおとなしくしていてくれた我が子の顔を見下ろせば、眉間《みけん》に可愛い皺を寄せて踏ん張っている。オムツ替えイベントの発生だ。

「何ともかぐわしいにおいだな。最高のタイミングにかくも重要な任務を与えてくれるとは嬉しいぜ、リト」

「うえぇ……っ」

ぐずり始めたリトを仰向けに転がし、レモンは手早くおむつを替え始めた。スナップを外して、もこもこのロンパースの前を開け、オムツのテープを外して。

肩越しに手元を覗き込む気配にふと横を向くと、子供のような大きさの奇怪な生き物と目が合った。躯は人間のようなのに顔の半分が鳥と同じくちばしで覆われており、ひくひくと喉を震わせている。よく見れば部屋の半分を占めるがらくたの上にも同じ生き物が二匹、しゃがみこんでいた。窓の上からも一匹ぶらさがり、部屋の中を覗き込んでいる。それから、もう一人。

「かぐわしい、か。赤ん坊のウンチのにおいを嗅いでそんなこと言うのは、おまえくらいじゃねえのか」

心臓が一瞬、動きを止める。

ガラクタの一番手前に置かれていた安楽椅子にふんぞり返っているのはヴィクターだった。

薄暗い中で黄金色に輝く瞳に、レモンは子供の頃へと引き戻される。毎日をこの男と過ごしていた時代に。

＋　＋　＋

『施設』の建物は中庭を囲んだロの字となっていた。北側が講義用の教室や実習室のある教育棟、南側が居住区だ。南棟の屋上は物干し場となっているが朝夕の作業時間以外に出る者はほとんどいない。

一人になりたくなるとレモンは階段を上った。寒い季節でも一番上の踊り場ならばサンルームのようにあたたかい。

その日、レモンが踊り場で膝の上に分厚い書物を広げて一心に読み込んでいると、下の方からきゃあきゃあという喧噪《けんそう》が聞こえてきた。

ヴィクターか？　また取り巻きを引き連れて騒いでいるのか。

文字を追うのを止め、ここにだけは上がってきてくれるなと祈る。

耳を澄ましていると、階下の声が突然高まった。ほとんど同時に背後から圧倒的な魔力が吹きつけてくる。

「……っと、驚いた。先客か」

振り向くと、全身に魔力を纏ったヴィクターがいた。パーカのフードをかぶりポケットに手を突っ込んでレモンを見下ろしている。

階下から転移してきたのだと気がついたレモンは内心で驚愕した。そういう術があるということは知っていたが、とても難しいはずだった。消費する魔力の量も多い。

咄嗟に閉じた書物の上にノートを重ね立ち去ろうとすると、ヴィクターが宙を滑るように移動してレモンの前へ回り込んだ。

「何だよ。逃げることねえだろうが。こんなとこで何してたんだ?」

ずっしりと重い書物が腕の中から消える。ヴィクターに取り上げられたのだ。表紙を見たヴィクターは眉を上げた。

「へえ。魔力の使い方か。勉強していたのか。真面目だな」

かあっと頬が熱くなる。書物は端がくたびれてきており、何度も読み返しているのが一目瞭然だった。

「返せ!」

こんな書物、この男は読むまでもないに違いない。

レモンが書物をひったくるようにして取り返すと、ヴィクターはむっとしたようだった。

壁に手を突き退路を塞ぐ。

「おっと、随分な態度だな。おまえ、俺が食堂に行くと、いつも厭そうな顔をして席を立つだろ？」

「――あ？」

なぜ知っているのだろう。

食堂にやってくる時のヴィクターは常にペット志望の小悪魔たちに囲まれていた。自分など視界に入っていないと思っていたのに。

少年らしく華奢な首が傾げられる。

「俺、おまえに何かしたか？」

喧嘩を売られるのかと思ったが、チェスナットブラウンの瞳はむしろ淋しそうだった。

「……いや」

「じゃあ、俺の顔が気に入らねえのか？」

ついうっかりしげしげとヴィクターの顔を見てしまい、レモンは唇を引き結ぶ。

すぐ近くで見るヴィクターの顔は悪くなかった。左右対称でバランスがとれている。アンデッド系の連中のように腐敗した箇所もない。瞳には見つめていると吸い込まれそうな強さがある。

「まさか生理的に受け入れられないなんつーことは――」

「そんなこと、あるわけないだろ」

あれだけの取り巻きに囲まれてどうしてそんな誤解ができるのか。思わず強く否定したらヴィクターは笑った。

「よかった。嫌われていたわけじゃなかったんだな」

こいつ、敵意に満ちた表情以外も作れたのか。

もうヴィクターはモンスターには見えなかった。目の前にいるのは年相応の幼さを残した少年だ。

――俺なんかに嫌われたところで痛くも痒《かゆ》くもないだろうに、何なんだ？

「なあ、人間界、行かねえか？」

気味が悪いくらい機嫌のいいヴィクターに手首を掴まれ、えっと思った時にはレモンは『施設』を囲む森の中にいた。

レモンを連れ、ヴィクターが転移したのだ。

「待て。何を突然」

ヴィクターはぎょっとするレモンの手を引き、森の奥へと歩きだす。

「気晴らしに行こうと思ってたんだけどよ、一人じゃつまんねーだろ？　だからさ、一緒にどーだ？」

人間界。魂《たましい》の狩り場。……興味はある。

だが、職員に禁じられているし、レモンはヴィクターと親しくない。

「お供なら取り巻きの中から選べばいいだろうが」

「やめてくれよ、取り巻きなんてよ。あいつらいくら追い払ってもついてくるんだ。鬱陶《うっとう》しくてたまらねえ。あんな奴ら連れてったら気晴らしどころか鬱になっちまう。なあ、いいだろ？　行こうぜ？」

ヴィクターの掌《てのひら》は熱く、少し汗ばんでいた。

「だが、人間界へ行くためのゲートは、『施設』内にはないし、バレたら罰を受けるぜ」

「あんな奴らに何ができる。それにゲートなんかなくても平気だ。敷地の端の方までは職員の強制力は届いてないいんだ。俺の魔力で転移できる」

『施設』に来てから間もないのに、この男はここをレモン以上に理解しているようだった。

踏み締められた草葉が足の下で悲鳴を上げ身を捩る。建物から遠ざかると、大気に満ちる魔力の質が変わった。『施設』の敷地の端に到達したのだ。確かにここに職員の定めた理《ことわり》は作用していない。

くるりと振り返ったヴィクターが差し出した手を、レモンは躊躇《ためら》いながらも取る。向かい合って両手を繋ぎ、ヴィクターの魔力に己の魔力を寄り添わせて。

瞬き一つするとレモンたちはもう人間界にいた。

左右にびっしりと店が建ち並ぶ通りは完全に平らで、硬い何かに覆われている。行き交う大勢の人間は、悪魔がここにいるというのに立ち止まりもしない。

彼らは一人として同じ格好をしていなかった。空の色を纏った男も、炎のような布を足下に纏わせた女もいる。黒一色のハーフパンツとパーカという格好が急に心許なく感じられ立ち竦んでしまったレモンに、ヴィクターは心得ているとばかりに笑い掛けた。

「まずは着替えようぜ」

装いも心持ちもとりわけ気取った人間ばかりが集う店の中に臆することなく入ってゆき、目についた服をレモンの胸に当てる。紙のタグにはゼロが五つも六つも並んでいたが、その頃のレモンは何を意味するのか理解できなかったし、する必要もなかった。

言われるままに試着するとヴィクターがどれを着てゆくか決める。堂々と店を出ようとしたら店員たちが声を掛けてきたが、ヴィクターが彼らの目を見つめこれ俺たちにくれるんだろう？　と微笑んだらあっさり引き下がった。もちろんですと木偶《でく》のように頷いて。

魔眼か。

レモンはまたしても衝撃を受けた。

こいつは強大な魔力以外にもそんなレアスキルに恵まれていたのか。俺は大したことのない魔力の扱いにすら四苦八苦しているのに。

＋　＋　＋

目を開けると、薄墨を流したような空が頭上を覆っていた。人間界ならちょうど富士山がある場所からは噴煙が上がり溶岩が四方八方へと流れている。新宿の辺りには歪《いびつ》な塔がいくつもそびえ立ち竜が飛び交っていた。人間界は魔界と重なり合うように存在しており、お互いに影響を与え合っているのだ。

初めて目にする景色に固まってしまったリトの背中をぽんぽんしながら、レモンは来し方を振り返る。

ヴィクターが所有する圧倒的な力の片鱗《へんりん》を覗き見たあの日がターニングポイントだった。レモンは我関せずといった姿勢を維持しようとしたが、己におもねらない悪魔が珍しかったのだろう。ヴィクターはことあるごとにレモンに絡むようになった。そして気づけば何もかもがレモンの思いのままになるようになっていた。

ヴィクターの魔眼さえあれば人間界でできないことはない。ヴィクターはレモンが欲しいものもすべて手に入れてくれる。魔界では魔眼こそ使わなかったが、その代わりヴィクターは我を通すために魔力を振るうことを躊躇わなかった。職員に対しても斟酌《しんしゃく》しない。勝手に人間界に行っていることが知れ、罰を与えられそうになった時も、レモンが何かする前にヴィクターが全力で抵抗し、最後には職員に勝利して罰を撤回させてのけた。もちろんレモンも無罪放免された。

快適ではあったが、レモンは気に入らなかった。何一つレモンの力で得た結果ではなかったからだ。人間界にはヴィクターの力を借りなければ行けないし、ヴィクターがいなければ何一つ手に入らない。『施設』の子供たちがレモンに一目置くようになったのも、レモンの機嫌を損ねればヴィクターを怒らせることになるからだ。つまり、全部ヴィクターのおかげ。

――俺はヴィクターのペットか？

「レモン、乗れ」

竜が牽《ひ》いてきた車の扉をヴィクターが開ける。女じゃねえぞとレモンは思ったが、争ったらリトに危険が及ぶ。レモンが大人しく扉を潜るとヴィクターも乗り込んで向かいに座り、竜車は魔王城に向かって走りだした。

ミルクのような霧が湧き始め視界を閉ざした。人間界ならば住宅地が広がる平地には不気味な森が広がっていたが、そう経たないうちに霧の中から魔王城が姿を現し、馬車を呑み込む。

竜車を降りたヴィクターは静まりかえった城内の奥へ奥へと歩いてゆく。冷気漂う馬鹿みたいに広大な廊下を通り抜け辿り着いた先には、人間界のＲＰＧにおけるボス部屋そっくりの大広間があった。五メートルはありそうな背凭れを持つ王座も遥か高見で揺れるシャンデリアも壁を飾る彫刻もてらりと艶のある黒で構成されていて鬱々とした雰囲気だ。

つかつかとボス部屋を横切って王座に座り腹が立つほど長い足を組んだヴィクターはなるほど魔王らしい。特に指示もないのでレモンもずかずかと王座の前まで進み、ヴィクターと対峙した。

「……王座、似合わないな。そもそも何でスーツなんだ？」

「あ？　吸血鬼みたいに黒マントばっさーして欲しいのか？」

「くろまんと。うっく……」

黒衣に黒マントが定番のイメージであるが、ヴィクターが真面目な顔をしてそんなものを着ているところを想像すると笑える。

がらんとした空間には、警護らしいデュラハン《首無し騎士》と側近らしい大悪魔が数人しかいない。大悪魔たちはレモンを煙たく思っているようだ。険のある目つきでわかる。

リトは己の首を小脇に抱え甲冑《かっちゅう》に身を包んだデュラハンが気になるらしい。床に下ろすとわざわざ移動してじいっと奇っ怪な姿を見上げた。ちょこんと座り込みつぶらな瞳を向けられたデュラハンは何とも居心地悪そうだが、助けてやる気はない。ヴィクターの手下はすべからく敵とみなす。

強引に連れ帰ったくせに、ヴィクターはなかなか本題を切り出さない。苦虫を噛み潰したような顔でレモンを睨みつけている。

暇だ。

「リト、ケツが冷たくねえか？」

水を向けると小さな息子はデュラハンに視線を据えたまま、ふるふると首を振った。口が半開きになっているのは夢中になっている証拠だ。

「貴様、魔王さまの御前で勝手に口を開くな。不敬だぞ」

長いマントに古めかしい正装で身を飾った大悪魔がきいきいと声を張り上げると、ヴィクターが一喝する。

「いい。放っておけ。——さてレモン。まず、そのガキの母親について話してもらおうか」

別に隠さねばならないことなどないが、話す義理もない。レモンはヴィクターの命令を無視してリトと会話を続けた。

「リト、眺めているだけじゃつまんねえだろ。あの首でボール遊び、したくないか？」

デュラハンの腕の中の顔が引き攣る。ようやくレモンを振り返ったリトの目はきらきらと輝いていた。

「よし、じゃあキャッチボールだ」

「レモン！」

声と共に放たれた圧にレモンは一瞬身を竦め――ヴィクターを睨みつけた。

この男の前で一種でも怯えてしまった己が腹立たしかった。

「……一緒に来るかと訊いたら頷いたのに、なぜ消えた」

酷く苦しそうな顔をした男にレモンは即座に言い返した。

「じゃあ聞くが、あの場で俺に拒否できたと思うか？」

薄く笑めば、ヴィクターの眉間に深い皺が刻まれた。何か言おうとする。だが、はかったかのように王座の背後の扉から出てきたケルベロスががうがうと何か訴え始めた。

見上げるほど大きい三つ首の魔犬は驚いたことに、ドッグウェアを身につけていた。光沢のある白地に大きくブランドマークが入っている。縁に沿ってキラキラ光る石――まさかダイヤじゃないだろうな――が並んでいるのが、派手好きのヴィクターらしい。

「ああ？　そんなこと、おまえたちで何とかしておけ」

ヴィクターはケルベロスをぞんざいに追い払った。話を続けようとするが、今度は、背後の扉から何かが割れるような音が聞こえてくる。

「……ちょっと待ってろ」

ヴィクターが視界から消えると、レモンはケルベロスのウェアを指さしデュラハンに訊いた。

「なあ、あれ、どうやって手に入れたんだ？」

脚に掴まりボール遊びをせがむリトに困惑しつつもデュラハンは律義《りちぎ》に教える。

「以前不埒者《ふらちもの》を食い殺した褒美《ほうび》に魔王さまが特注で作らせたそうです」

「へえ……」

レモンはデュラハンに掴まり立ちし、おむつで膨らんだお尻を上下に揺すっていたリトを抱き上げた。

「ん、やっ」

「リト、ボール遊びよりほら、あそこにわんちゃんがいるぜ」

下りたがってもがいていた幼な子の動きがぴたりと止まる。

「わんわ？」

「そ。わんわ」

「あっ、レモンさまっ」

デュラハンの制止など何のその。レモンは王座の足下にうずくまったケルベロスに歩み寄った。すぐ傍で下ろしてやると、リトは恐れる様子もなく巨大な犬の首筋に顔を突っ込む。

「わんわー」

獰猛な顔をした地獄の犬は幼な子にもふもふされ固まった。

「おい、何やってんだよ。危ないだろーが。おまえもいつまでここにいる」

戻ってきたヴィクターが目を剥く。あっちに行けとばかりに手を振られたケルベロスがこれ幸いと逃げ出した。

「わんわ……」

残念そうな我が子の頭をレモンは撫でてやる。

「また遊んでもらおうな、リト」

再び王座についたヴィクターと改めて対峙した。

「……で、何の話をしていたんだったか」

ヴィクターが考え込む。

「あ――――――、そうだ、その子の母親だ。……っ!?」

また破壊音が聞こえた。今度の方がずっと大きい。先刻ヴィクターが入っていった裏手の部屋から蝙蝠《こうもり》が飛び出してきて、ぽとりと落ちる。

「マ、マオウサマ……」

ヴィクターが立ち上がった。

「すぐ戻る」

走り出さんばかりの早足で蝙蝠のもとへと向かう男の後ろ姿に、レモンは目を細めた。

「奥で何か面白いことが起こっているようだな」

だろ？　とデュラハンを振り返ると、さっと目を逸らされた。レモンには知られたくない種類の事柄らしい。

扉が開き、ヴィクターが現れる。だが、爪先がボス部屋に入るより早く叫び声のようなものが聞こえた。ヴィクターは一瞬動きを止め絶望の表情を見せたものの、くるりと踵を返し再び扉の奥へと消える。レモンはリトを抱き上げ、扉に向かって歩き出した。

「お、お待ちくださいっ」

デュラハンが引き留めようとするが無視だ。

黒く塗られた鋼の扉を開ける。すると、先刻聞こえた叫び声のようなもの——子供の泣き声がはっきり聞こえ、酷い惨状が目に飛び込んできた。

「あっ」

レモンが入ってきたことに気がつき狼狽《うろた》えるヴィクターの腕の中に、ちょうどリトと同じくらいの幼な子がいる。幼な子は顔を真っ赤にして怒っていた。

「やーの！　やあのー！」

泣き喚きながら手足を振り回すと暴風のような魔力が吹き荒れる。絵本もぬいぐるみも、ソファまで竜巻にでも巻かれたかのように錐揉《きりも》みしながら飛んでゆくのを見たレモンは反射的に一歩下がると、扉の外にリトを下ろした。

「リト、悪いがここで待っていてくれ」

「だでぃ?」

「色んなものが飛んでいるのが見えただろう? ごっつんしたら、いたいいたいだからな」

リトが眉毛をハの字にし、ぎゅうっと抱きついてくる。レモンと離れたくないのだ。

ぎゅうっと胸の奥が絞られるように痛くなり、レモンはリトを強く抱き締め返した。

何て可愛い生き物だろう。

いつまで経っても立ち上がろうとしないレモンに焦れ、デュラハンが声を上げる。

「あの……?」

「おっと、本来の目的を忘れるところだったぜ。名残惜しいが、いい子で待ってろよ、ハニー」

男前な笑みを浮かべ額にちゅっとキスしてレモンは室内へと戻る。暴れられてどうしようもなくなってしまったのだろう。ヴィクターは幼な子を床に下ろし両手で頭を挟み込み天井を見上げていた。嵐は止む気配もない。色んなものが激突するので壁が穴だらけだ。

「それで、その子は何でそんなに荒ぶってんだ?」

「それがわかったら苦労はないぜ」

ヴィクターの目が死んでいる。

なるほど。原因不明のご機嫌斜めか。

レモンはつかつかと近づき、幼な子のおむつに指を突っ込んだ。

「汚れてはいねえようだな」

「さっき替えさせたばかりだ。ミルクも一時間前に飲ませたらしい」

「ふうん。……蝉ファイナルみたいだ」

床の上で手足をばたつかせて怒っている幼な子の姿は、夏の終わりに人間界の路上で見る風物詩にそっくりだ。

「んなコト言っている場合じゃねえだろ。このままだと城に風穴が開いちまう」

勢いよく飛んでいった椅子が、ついに廊下まで貫通した。

レモンは改めて幼な子を検分する。

「ところでこの子、何でこんなに厚着しているんだ？」

幼な子は白地に黒のロゴが派手な長袖Tシャツの上に、マシュマロボアのケープをつけていた。もっこもこのフードには猫耳がついている。

「そのケープはお気に入りなんだ。傍にないと泣く」

「人間界ほど寒いわけじゃねえんだ、こんなに着たら暑いだろ」

「魔王城は底冷えする」

「だが、子供は体温が高い。おまけにもう長い間泣き喚いているんだろうが。おい、冷たいおしぼり持ってこい」

レモンはお気に入りというだけあって最高に手触りのいいケープを幼な子から脱がせた。

厭がった幼な子の魔力が弾け、レモンのダウンジャケットが切り裂かれる。ふわふわと飛び散る羽毛は赤く染まっていた。

「痛ぅ……」

「ラヴァ！」

ヴィクターが子へと伸ばした手をレモンは叩き落とした。今は叱ったところで興奮させるだけだ。

幼な子を膝の上に抱き上げ、よろよろと飛んできた蝙蝠がぶらさげてきたおしぼりを受け取る。まず手を拭いてやると、幼な子の声のトーンが変わった。

「う……ふえ……」

しっとりと汗ばんだ首筋や頭も拭いてやれば、気持ちがいいのだろう。幼な子の声から力が抜けてゆく。手早く湿った肌着を替え、肩に凭れ掛からせて背中をぽんぽんしてやると、泣き疲れたのかうつらうつらし始めた。

「ベビーベッドはどこだ」

「！　すぐ、整えさせる」

天井に刺さっていたベビーベッドが引っこ抜かれ、寝具が整えられる。そっと下ろしてやった時には幼な子はもう指をくわえて寝息を立て始めていた。そっと頭を撫でてやってから、レモンはさてとヴィクターに向き直る。

「チェスナットブラウンの瞳に癖っ毛、何よりこの膨大《ぼうだい》な魔力……。この子、あんたの子だな？」

ヴィクターの目が逸らされた。

「自分も子持ちのくせに、よくまあ俺のことをとやかく言えたもんだな。このガキの女親は誰だ。子まで産んでくれるような女がいるなら俺なんか必要ないだろうになぜ連れ戻した」

努めて冷静に追い込もうとしたのに、なぜだろう、ヴィクターの口元が締まりをなくした。レモンははっとする。

今の台詞、子持ちだと知った俺が拗《す》ねているように聞こえたんじゃねえか？

かあっと躯が熱くなる。

違う。そうじゃない。全然そうじゃないんだ。

「レモン……」

「うるさい、死ね！」

腹立ちまぎれにぶん回した拳が見事にヴィクターの顎にヒットし、吹っ飛ばす。それまではらはらしつつも傍観していたデュラハンが仰天《ぎょうてん》し、剣を抜いた。

「魔王さま！　貴様、魔王さまに何たる無礼を……」

「よせ、デュラハン」

崩れた壁の中からいささか薄汚れた魔王が姿を現す。人間ならば顎が砕けたに違いない衝撃を受けたはずだが、何らダメージを負っていないようだ。

「しかし」

「いいんだ。俺に子がいると知って嫉妬した結果だもんな？」

くそ、やっぱりそうきたか。

嬉しそうな顔に腹が立つ。

「嫉妬なんかするわけねえだろう」

怒鳴《どな》り散らしたいのをこらえ無表情に否定すると、ヴィクターが髪についた埃《ほこり》を叩きながらデュラハンにウィンクした。

「な？　こいつ、可愛いだろ？」

「人の言うことを聞け！　嫉妬なんかしてねえつってんだろーが！」

うんうんとしたり顔で頷きつつ、ヴィクターは勝手に語り始める。芝居《しばい》がかった仕草で両手を広げ、ゆっくりとレモンに歩み寄りながら。

「ラヴァは二歳。魔王城に来てすぐの頃、馬鹿やってできちまった子だ。『施設』にいた頃も小蝿《こばえ》がうるさかったが、魔王になったらどこだかの侯爵だの豊満な伯爵夫人だのの誘惑が凄くてな。ちょうどおまえに去られ傷心だった俺は、新しい恋でもすれば立ち直れるかと思ったんだが、誰と寝てもこの胸の虚《うろ》は塞がらなかった」

意味ありげな流し目を送られ、レモンはちっと舌打ちした。

「子供の母親は誰だ。結婚は……したのか」

聞いてから後悔する。何だこの人間の痴話喧嘩《ちわげんか》みたいなやりとりは。

案の定、ヴィクターは調子に乗った顔をしている。

「好きでもない女と結婚なんかできるかよ。正直もう、女の名前さえ覚えてねえ。あっちも出産する頃にはもう他に関心を移していたしな。安心しろ、レモン。今の俺にはおまえしかいねえ」

頬に添えられた手を、レモンは叩き落とした。

安心できる要素など何一つない。

「ヴィクター、俺が好きか？」

レモンが問うと、ヴィクターは勢い込んで答えた。

「おう！」

「悪魔なのにか？」

「悪魔に情なんざねえって言う奴もいるが、それは違う。人間に比べれば己の欲望に忠実な奴が多いだけだ。その証拠に俺はずっとおまえに溢れんばかりの愛を注いできた。覚えているだろう？」

レモンの前に立ったヴィクターが長身を屈める。反射的に目を伏せると、唇が重ね合わされた。

この男が甘い言葉を並べ立てれば並べ立てるだけ真実味が薄れてゆく。耳を通り過ぎる言葉は軽く、重みがない。

――それに俺は悪魔に情はないと思ってんだ。

触れるだけで離れたヴィクターの目をレモンは見つめる。

「愛だって？　あんたはヤりたかっただけだろーが。あんたが俺に抱いているのは、情じゃなく性欲だ」

子供がいるのがその証拠だ。レモンがいなくなるとこの男は他に代わりを求めたのだ。好きだなんて、嘘っぱちだ。

「なあ、ヴィクター。好きなら俺を解放しろよ。あんたが存在しない人生が俺にとっての幸いなんだ」

回りくどい言葉ではこの男には伝わらない。ストレートに言うと、ヴィクターの表情が変わった。どうやらレモンの要求はヴィクターを怒らせてしまったらしい。全身から禍々《まがまが》しい魔力が燃え立ち、低い声がレモンの耳朶《じだ》を打つ。

「解放なんざ、誰がするか」

ほら、な。人間ごっこは口だけで、この男は誰より悪魔らしい。

黒い影が視界の端を走る。はっとして視線を巡らせると、ぼろぼろになった壁の表面を黒い蔦《つた》のようなものが這い広がり、覆い隠そうとしていた。リトが外で待っている扉まで塞がれそうになっている。

「リト！」

分断されてはまずい。レモンは肩から戸口へと突っ込んだが、すでに格子のように張り巡らされた蔦に跳ね返されてしまい通れなかった。

「リト！　リト！」

引きちぎろうとしていると、王座に這い上ろうとしていたリトが顔を覗かせる。

「だでぃ？」

「リト！」

弾力があるならと、隙間に頭を突っ込もうとした途端、蔦が鋼のように硬質な物体へと変わった。

「だでぃ」

ぺたぺたと這ってきたリトが両手を伸ばしたが、どうにもしようがない。だっこしてもらえないと理解したリトの顔がくしゃくしゃになる。

「う……うえええええんっ」

「ヴィクター！」

勢いよく振り返ったレモンの目に、残虐な魔王の姿が映った。

「怒鳴るな。そのガキに手を出す気なんざねえよ。まあ、おまえが素直になっている限りは、だが」

かつかつと靴底を鳴らし、ヴィクターが近づいてくる。長身のヴィクターに脅《おび》え、リトはますます泣き叫んだ。

「うえええ、だでぃいいいい！」

「黙れ」

ヴィクターの瞳が金色に光る。糸が切れたようにふっつりと泣き声が止んだ。リトがはいはいして来た格好のまま、いわゆるごめん寝の姿でぷすぷす寝息を立て始める。

何が起こったのかは明白だった。

「てめえ、リトに魔眼を使いやがったな！」

レモンはヴィクターの襟首を締め上げた。可愛くないことに、ヴィクターは苦しそうな様子さえ見せなかった。

「眠らせただけでぎゃーぎゃー騒ぐな。ケルベロス、しばらくの間子守を任せるぞ。レモン、おまえはこっちだ」

ボス部屋に続くのとは違う扉が音もなく開いた。もう一度、リトとの間を阻む蔦を引っ張ってみる。蔦には仄かにではあるが、ヴィクターの魔力が感じられた。何とかできそうな感じは全然ない。

これだけの大騒ぎをしたというのに、ヴィクターの子はベビーベッドの中ですやすやと眠っている。

いいだろう。

レモンは最後に蔦の隙間から手を伸ばしリトの頭を撫でると、憤然と立ち上がった。

恐らく、奥はヴィクターの私的なスペースになっているのだろう。縦にも横にも広い廊下に、他の悪魔の気配はない。進んでゆくと、背後で音もなく蔦が延びて通路を閉鎖してゆく。

魔王城は魔王に服従するものだという。誰にも邪魔されたくないというヴィクターの気持ちが、守りを堅くさせているのだろうか。

最後に見上げるほど背の高い両開きの扉を開けると、驚いたことに、おどろおどろしかったいかにも魔王城という佇まいとは真逆の部屋が現れた。最新式のシステムキッチンに人間工学に則《のっと》って設計されたソファセット、酒の並んだキャビネットにバーカウンターといった人間界の代物《しろもの》が三十畳もある空間にゆったりと配置されている。それからキングサイズのベッドも。

レモンはまっすぐベッドへと歩み寄りながら、動くたびに羽毛が舞い散るダウンジャケットのファスナーを開けた。八つ当たりでもするかのように乱暴に脱いで床へと捨てると、次は陽之介に借りたシャツだ。その下にはもうパジャマ代わりのスウェットしかない。

潔く頭から抜けば、うっすらと割れた腹が晒される。

「レモン」

「ヤりたいんだろ？　さっさと来い」

ベッドに腰掛け片方ずつソックスを引っこ抜いていると、ヴィクターの放つ怒気が消えていった。

「なあ、レモン。久々なんだぞ？　俺としてはもう少しこう、色々噛み締めたりしつつムードたっぷりにだな」

「四の五の言うなら止めるぞ」

下着ごと黒いスウェットのズボンを脱ぎ捨てると、ヴィクターの喉が鳴る。吸い寄せられるように視線が躯のラインをなぞり始めたのにレモンは低く笑った。

「――くそっ」

ヴィクターが上着のボタンを外しながら大股に歩み寄ってくる。手の届く距離まで来ると、レモンはヴィクターのネクタイを掴み、くいっと引いた。

「望み通り、楽しませてやる。その代わり、リトのことは丁重に扱え。一つでも傷をつけたら許さねえ。躯にも、心にもだ」

レモンを、ヴィクターが抱擁《ほうよう》する。

「はいはい」

首筋に顔を埋めると、ヴィクターは深く息を吸い込んだ。

「あーあーようやく帰ってきたと思ったら人間のにおいをぷんぷんさせやがって。――ガキができて少しは成長したかと思いきや、変わらねえなおまえは。素直になったって悪いことなんて何もねえんだぞ？　それどころかこんなにハンサムでアレもでかい魔王に愛されるって特典までついてくる」

愛？

それは人間の言葉だ。

「俺は悪魔だ」

「情なんてないってか？　それにしちゃあガキを随分と大事にしているようだが」

残忍で誰よりも悪魔らしい奴なのにこの男はなぜこんなにも人間ぶるのが好きなのだろう。他にも好んでいた人間の言葉がいくつもある。『親友』や『恋人』だ。

「リトには俺の血が流れている。いわば俺の分身、俺の一部だからだ。俺は俺を大事にしているだけだ」

悪魔にとって一番大事なのは自分。レモンは悪魔の本能にしたがっているだけだ。

理路整然と反駁《はんばく》しながらレモンは小さく身をよじる。ヴィクターの手がレモンの躯に悪戯し始めたからだ。

「屁理屈こねやがって。――俺は諦めねえからな」

脅《おど》す言葉はどこか甘い。

久しぶりとはいえこの男とは何十回、下手をすれば何百回と寝てきたのにレモンは震えた。

押し倒された躯がベッドに沈む。

+ + +

『施設』の図書室はレモンのお気に入りの場所だった。ライティングテーブルの並ぶ中央部は吹き抜けとなっており、開放感がある。二階分の壁には書物がぎっしり詰まっており、人間界の書物まで思いのままだ。

問題は、レモンがここを気に入っていることを皆が知っているということだった。

「ねー、レモンはあ、どうやってヴィクターに取り入ったわけー?」

次はどの本を借りていこうかと背表紙を眺めていたら、いつの間にか数人の級友に通路の入り口を塞がれていた。

敵意の滲むくすくす笑いが書架の間にしのびやかに広がる。今思えば『施設』で暮らす悪魔は大抵情緒不安定で攻撃的だった。特に小柄で可愛らしい、強い悪魔に取り入ることに必死な小悪魔タイプはその傾向が強い。

「取り入ってなんかねえよ」

「いいじゃん。教えてよ。彼、やっぱり可愛いのより綺麗なのがタイプなの？」

「綺麗？　何でだ？」

どうしてそういう形容詞が出てくるかわからず首を傾げると、小悪魔たちは目を吊り上げた。

「何でって、謙遜のつもり？　逆に腹立つんだけど！」

「何でだよ。俺よりおまえたちの方がよっぽど綺麗で可愛いだろうが」

小悪魔たちが変な顔をする。

レモンは本の選別を諦め引き出し掛けていた書物を書架に押し戻した。彼らの言うことが本気で理解できなかったからだ。

つまり――こいつらは俺を『綺麗』だと思っているのか？

勝手に口元が緩む。ヴィクターを知っているのに、どうしてそんな風に思えるのだろう。

人間界に行くと、ヴィクターと一緒にいるだけで色んな人間に声を掛けられる。男にも、女にもだ。そういう風に声を掛けてきた女の子と楽しむことを既にレモンはヴィクターに教わっていた。

各々別の部屋を取ることもあったが、ヴィクターと同じ部屋で楽しむことをレモンは好んだ。隣でヴィクターが獣のように女を犯しているのを見ると滅茶苦茶興奮した。

それにベッドルームの淡い光の中に浮かび上がるヴィクターの引き締まった体躯は美しかった。中でも明け方、裸のままベッドで煙草を吸うヴィクターの姿を眺めるのがレモンは好きだった。疲れ果てて眠ってしまった女の子越しに煙草の火を分け合い、明けゆく空を眺めていると不思議な情動を覚えさえした。

おそらくヴィクターが、ちっとも好きでなどないものの魅力的だと認めざるを得ない男だったからだ。ヴィクターに対する羨望や嫉妬、対抗心といったものがないまぜになって化学反応を起こし、レモンの中に揺らぎを生んだのだろう、きっと。

「知ってた。知ってたよ、レモンがそーゆーとこに無頓着だってこと！　もういい、次の質問！　ヴィクターのえっちって、どんな感じ？」

「激しい」

少しでも早く会話を切り上げたくて端的に答えると、きゃあっと黄色い声が上がった。小悪魔の一人がほんのりと目元を紅潮させ、上目遣いにレモンを見上げる。

「二人ともそういう感じしないからどっちだろうと思ってたんだけど、レモンが抱かれる側なんだ？」

俺がヴィクターに抱かれる……？

ここでレモンはようやく誤解があることに気がついた。

「まさか。俺はあいつとは寝ていないぞ」

「ええ!?」

「何それ！」

「ははっ、おかしいと思ったんだ！　ヴィクターがおまえごときを気に入るわけないもんな！」

ぱしん、とどこかで生木《なまき》が弾けるような音がした。弾かれたようにあたりを見回した小悪魔たちが、レモンを見て喘ぐような声を漏らす。

「レモン……」

おまえごとき、か。

――その通り。俺は魔力でも思い切りのよさでもヴィクターには遠く及ばねえ。だが、どっちにしろ、媚《こ》びること以外取り柄のないこいつらに馬鹿にされる謂《いわ》れはねえ。

いい加減に鬱陶しいと思っていたところだった。レモンは拳に魔力を込めようとする。

その時、小悪魔たちの背後にひょいとヴィクターが現れた。

「こんなところで何してんだ、レモン。行くぞ」

そういえば今夜も人間界に行く約束をしており、借りた本を部屋に置いてきたらヴィクターと落ち合うつもりでいたことをレモンは思い出す。

「どこ行くのさ、ヴィクター！　たまには俺もまぜてよ」

小悪魔の一人が図々しくヴィクターの腕に縋りつこうとして、乱暴に振り払われた。

「どけ。俺が誘ったのはレモンだ。おまえじゃねえ」

レモンは掌に爪を立てた。

胸の内側がざわざわする。

何で俺はこんなことで下らない優越感を覚えているんだ？

ヴィクターがレモンの手を引き、歩き始めた。

「何話してたんだよ」

強い握力に独占欲が仄見える。別にこの男に特別扱いされたところで嬉しくもなんともないはずなのに、ささくれていた心から痛みが消えた。

「何だっていいだろう」

「俺に聞かれたらまずいこと話してたのか？　隠すな。教えろ」

レモンは溜息をついた。

「ヴィクターのセックスってどんなだって聞かれたから、激しいって言っただけだ」

「本当にそれだけか？」

「……何で疑う」

「珍しく切れてたみたいだからよ。もっと凄いこと言われたのかと思った」

「……あいつらの一人、以前は俺のペットになりたいって言っていた奴だ」

「へえ？　悪いなあ、取っちまって。でも別に未練があるわけじゃねえんだろう」

「――ほんの少し腹立たしいだけだ」

全然思う通りにならない己が。

気に入りの服に着替え、森へと抜けだす。人間界へと転移すると、ヴィクターはレモンを連れシルバーアクセサリーの店を巡った。レモンの目にはどれも似たり寄ったりに見えてすぐ飽きてしまったが、現在人間界での買い物はすべてヴィクターの魔眼頼みだ。ぐっとこらえてつき合っていたら、ヴィクターはバングルと二枚の小さなプレートが揺れるチェーンネックレスを選んだ。

目についたバーに入り、飲み物を注文したところでチェーンネックレスの入った箱がレモンに向かって押し出される。

「やる」

「別にいらねえ」

「いいからつけてみろって」

仕方なく取り出しつけようとするレモンを、ヴィクターはだらしなく口元を緩め眺めていたが、留め金をうまく引っかけられずにいるとつけるのを手伝ってくれた。

＋　＋　＋

「んぅ……」

パステルブルーに塗られたベビーベッドの中、眠っていた二人の幼な子の片方がきゅっと眉根を寄せた。

「うー……」

ふわふわ毛布の中で足がもぞもぞし始める。

まだ眠いのかむずかりながら目を開けた幼な子は、すぐ目の前にもう一人、自分より幾分小さい幼な子が眠っているのに気がつくなり目を丸くした。

眠っている幼な子――リトは軽く握った両手を左右に投げ出した無防備な格好でぷすぷす寝息を立てている。お人形のようになめらかな頬の上には猫っ毛がかかり綺麗なカールを描いていた。

身動きもせずリトを見つめるラヴァの頬がだんだんと赤みを増してゆく。

熱い視線の先、リトの睫毛《まつげ》が小さく震えた。

＋　＋　＋

幼な子の声が聞こえた気がして、レモンは飛び起きた。

「リト！　……っくそ……」

躯が鉛のように重い。腰に巻きついている浅黒い腕をレモンは乱暴に振り払った。

「放せ、ヴィクター」

「どこへ行く気だ」

「リトの様子を見に行くんだ。あんたもガキがいるんだろうが。いつまでも寝てんな」

足で鬱陶しい男を引っ剥がしようやく床へと降り立ったレモンは一瞬へたりこみそうになったものの踏みとどまる。

腰に力が入んねえ……！

だが、ヴィクターの前で無様《ぶざま》な姿など死んでもさらしたくない。歯を食いしばりてきぱきとそこら中に脱ぎ散らかしてあった服を拾って身につけてゆく。

むくりと起きあがったヴィクターはふてくされ、寝乱れた髪を掻き上げた。振り撒かれる雄《おす》の色香に一瞬釘づけになり、レモンは眉を顰める。こいつは魔王になって魅了の特殊能力まで獲得したのだろうか。

「そういえば、俺が選んでやった服はどうした」

「『施設』の部屋に置いたままだ。とっくに処分されてるんじゃないか？」

「おまえ、俺の心の籠もったプレゼントだろーが、あれは！」

そんなことはどうでもいい。まずはリトだ。

部屋を飛び出すと記憶を辿り、ベビーベッドのある部屋へ戻る。

「……酷いな」

扉を開けたレモンは、惨憺《さんたん》たる状況に嘆息した。

昨日のまま、壁はあちこち凹《へこ》み、床には玩具が散乱している。

台風の目のように唯一綺麗に開けた中央部に据えられたベビーベッドにリトはいた。ちまっとお座りし、頬を真っ赤にしてしゃくりあげている。向かい合わせに座っているラヴァはリトより少し大きい。

――ヴィクターが他の誰かに産ませた子……。

レモンはきつく奥歯を噛み締めた。一緒にいると自分までヴィクターの人間ごっこにひきずられて、人間的なものの考え方をしてしまう。ヴィクターに子供がいようがいまいがどうでもいいことのはずなのに。

ラヴァはリトに向かってピスタチオグリーンのマカロンを突き出していた。

「あげゅ」

だが、リトは泣くばかりで口を開けない。するとラヴァはぽいっとマカロンを放り出し力んだ。驚いたことに魔力の波動が広がり、宙にショートケーキの載った皿が現れる。紅葉のようなラヴァの手がぽすんと毛布の上に転がったケーキからクリームだらけの苺を掴み出した。

「あーん」

苺はミルクに次ぐリトの好物だ。ようやく小さな口がおずおずと開かれる。

「う……ううう～」

ラヴァが喜んで苺を突っ込むと、リトは泣きながらクリームに塗《まみ》れた苺を咀嚼《そしゃく》した。我が分身ながら食い意地が張っている。

よく見ると、ベビーベッドの上はお菓子だらけだった。カラフルなマシュマロに毒々しい色彩のカップケーキ、チョコレートにヌガーに、溶けかけたアイスクリームまでこぼれている。

「リト」

声を掛けると、リトがぱっと顔を上げた。

「だでぃー！」

ベビーベッドの端まで這ってきて、両手を伸ばす。抱き上げると胸元に小さな頭が擦り寄せられ、レモンは思わず細い猫っ毛で覆われた頭にキスしまくってしまった。

「おはよう。無事か、ハニー」

「オハヨウゴザイマス、れもんサマ」

甲高い声に目を上げると、ベビーベッドの上を蝙蝠がぱたぱたと飛び回っている。

「おはようさん。リトの面倒を見ててくれたのか？」

「サヨウデゴザイマス」

やりとりをしている間に魔王の子も柵に掴まって立ち上がり、リトへと手を伸ばした。

「あい」

むっちりとした手にはピンクのボンボンが握られている。リトにあげるつもりで出したのだろうが、かすかに酒のにおいがした。

「ありがとうよ、ベイビー。だがこれはリトには早すぎる。もちろん、あんたにもだ」

レモンはボンボンを取り上げる。

「おい、ゴミ袋か何かないか？　このままにしておいたら、そこらじゅうべたべたになっちまう」

「ゴミブクロハアリマスガ、ワタシガオモウニ――」

「片づけるだけだ。問題はないだろう？　その天鵞絨《ビロード》を張ったような翼でどれだけ早く飛べるか見せてくれ」

「ワッ、ワタシノツバサ、ビロードノヨウデスカ⁉」

見たままを口にしただけなのに蝙蝠の声が裏返る。発憤《はっぷん》した蝙蝠は光沢を帯びた黒い羽を忙しなくはばたかせてどこかへ消えるとすぐ半透明のゴミ袋をぶらさげて戻ってきた。

ボンボンを入れると、ラヴァがぱかりと口を開く。

更にひっくり返っていたアイスクリームのカップを放り込むと、開いていた唇が引き結ばれぷるぷると震え始めた。

「やーのー！」

甲高い声と同時に天井近くから枯れ木が割れるような音が響く。見上げても何もないということはラップ音だ。

「へえ。さすがはヴィクターの息子。まだ小さいのに器用だな」

「れ、れもんサマ……」

蝙蝠が不安そうな声を上げる。

室内の空気が、異様に重苦しくなり始めていた。ヴィクターも『施設』にやってきた頃はこんな空気を身に纏っていたが、ラヴァのように手当たり次第に傷つけたりはしなかった。そのあたりの理性は、この子に受け継がれなかったらしい。

ゴミ袋が大きな音を立て切り裂かれ、折角集めた菓子が床へと雪崩《なだれ》を打ってこぼれ落ちる。

「ベイビー……」

レモンの視線を受け、幼な子は挑発的な叫びを上げた。

「ないない、やーの！」

「ふわっ」

急にリトが軽くなったのに驚き視線を落とすと、おむつに包まれた尻が浮かび上がっている。慌ててリトを抱き直すと、誘拐を阻止された魔王の子は怒って尻を上下に揺すった。

「い――――――っ」

蝋燭が消え、部屋が一気に暗くなる。ぶわっと吹きつけてきた魔力に髪が煽《あお》られ、あっと思った時には額が弾けていた。

「だでぃ……？」

裂けた傷口からなまぬるいものが伝い落ち始める。

ベビーベッドの中の幼な子が黒い光を纏い、宙へと浮かび上がった。

昨日の再現のようだった。室内の家具が幼な子に従うように浮かび上がり、ぐるぐると周囲を回転し始める。時々ラップ音と共に新たな傷が刻まれ血が流れた。蝙蝠などはもう部屋の隅で小さくなって震えている。

ここでようやく父親がやってきた。

「レモン！　大丈夫……ではなさそうだな」

あちこちから血を流しているレモンを見て、蒼白になる。ヴィクターの顔を見たら、認めたくはないがふっと気が緩んだ。

「ラヴァ！　感情にまかせて魔力を振るうなと何度言ったらわかんだ。後でしっぺ返しを食らうのはおまえなんだぞ」

父親の険しい表情にラヴァは身を竦める。だが、くりくりとした茶色い瞳は反抗心に燃え上がり、ごめんなさいする気など微塵《みじん》も見えない。『施設』にいた頃、教官に規則違反を咎《とが》められた時のヴィクターそっくりの意固地さだ。

「ラヴァ！」

レモンは片腕を伸ばし、息子を捕まえようとしたヴィクターを遮った。

「レモン!?　何を」

「いいからおまえは黙ってろ」

「だが、おまえの魔力では――」

レモンは構わず歩み寄ると、目線より少し高い位置にあるラヴァの顎を捕らえて自分の方を向かせた。

「ラヴァ。魔力を収めろ」

よいお返事の代わりにまた乾いた音を立て手の甲が切れる。このクソガキと呟き踏み出そうとしたヴィクターを、レモンはくどいと肘で押し戻した。

「レモン！」

「怒鳴るな。威圧すればするだけ萎縮《いしゅく》する。委縮すればするだけこの子に俺たちの言うことが届かなくなる。理性的に言い聞かせるんだ。目を見ればわかる。この子は俺たちの言うことを理解できている。多分、桁外れの魔力のせいだな。あんたの血を受け継いでいるだけのことはあるぜ」

悪魔の成長速度は個体によってまちまちだ。外見が赤ん坊でも見た目以上にものごとを理解できている子もいる。

「さて、ラヴァ。暴れれば何でも思うとおりになると思ったら大間違いだ。見ろ。部屋の中がぐちゃぐちゃだ。あんたのシッターも怯えている。さっさと魔力を放出するのをやめてごめんなさいしろ」

「いー！」

部屋の暗さが増す。とりわけ暗い四隅に禍々しいものの気配が湧いた。

「リトとオトモダチになりたいんなら、守らなきゃならないルールってものがあるんだ。己を抑えられないなら、リトとは遊ばせない」

ぱしんという音と共に頬に痛みが走り、新たな傷ができる。だが、レモンは動じなかった。

「やめろって言ってるだろうが。まだリトを泣かせる気か？　リトに嫌われたいのか」

レモンは軽く躯を捻り、ラヴァにリトの顔を見せた。リトはえぐえぐとしゃくりあげていた。

ラヴァが凍りつく。家具や雑貨が落下し、ラヴァ自身もゆっくりと降下し始めた。

「おお……」

ヴィクターが感嘆の声を上げる。

ラヴァが床に達したところで、今度はリトが暴れ始めた。

「リト？　こら、危ないだろう」

ぎょっとして下ろすと、猛然と床の上を這い、ラヴァへと突進していく。

「リト!?」

「めーっ」

リトはびっくりして目を見開いているラヴァへとのし掛かり、かぷりと頬に噛みついた。

「う……っ、うえええええん……っ」

ラヴァが大きな声で泣き始める。自分で噛みついたくせにつられたらしい。リトまで泣き始めた。

「だああでぃいいいいい！」

尚もがぶがぶ噛もうとするリトを引き戻しながらレモンは苦笑する。

「はいはい、ここにいるから泣くな……っと、血だらけじゃますます泣かせちまうか……」

流れる血を拭いつつ、レモンはヴィクターを振り返った。

何も言わずともヴィクターがレモンの腰を抱き寄せる。

傷口の上に押し当てられた唇から魔力が注がれるのを感じた。痛みが速やかに遠ざかる。

次は額へ、こめかみへとすべての傷にキスすると、最後にヴィクターは何の痛みもない頭にくちづけた。

ラヴァはえぐえぐと激しくしゃくりあげている。だが、息継ぎの合間に小さな声で言うのが聞こえた。

「……めんちゃ……」

——と。

この子を見ていると複雑な感情に襲われる。だが、こういう姿を見せられるとじわりと込み上げてくるものがあって。

レモンはリトを抱いていない方の腕でラヴァを抱き上げた。

「ふわっ……？」

「よくできました。ちゃんと謝れたな。いい子だ」

頭のてっぺんにキスしてやると、茶色い瞳がびっくりしたように見開かれる。

「リトもラヴァのこと、許してやれ」

「ぶーっ」

LOVE
&
PRINCE

まだ怒りが冷めやらないのだろう。荒い息をついていたリトは唇を鳴らした。

「リート。ラヴァから苺を貰ったんだろう？　甘くておいしかったんじゃないのか？」

その通りだったのだろう。涙でうるうるになった瞳がきょときょとと動き始める。

可愛い。

「リト。リトがお皿割ったりジュースこぼしたりした時、ダディ、ごめんなさいしたら許すだろう？　いつまでも叱られたら哀しくなってしまうもんな？」

涙でべたべたの頬が胸元に擦り寄せられた。

「ううう……うまうま、ありあと……」

しゃくりあげながら礼を言われたラヴァの瞳がまた涙に濡れた。

「よし、じゃあお着替えしようぜ。二人ともそこらじゅうべたべただからな」

よくできましたという気持ちを込め二人まとめて抱き締めると背後から更に抱き締められた。

「おい、何してる」

レモンは眉を顰める。うんと刺々《とげとげ》しく咎めてやろうと思ったのに、喉から出た声はなぜかやわらかかった。

ヴィクターが耳元で囁く。

「今の……何かぐっとキた」

「何だか知らないがのしかかんな。重いだろーが」

部屋を移って幼な子たちの着替えを持ってこさせる。他人事のような顔をしてソファにふんぞりかえったヴィクターにもレモンはラヴァの分の着替えを渡し、親としての義務を果たさせた。

清潔になった幼な子二人が、さっきまで泣いて怒っていたことなどもう忘れてしまったかのように、巨大なケルベロスを玩具に遊び始める。

「ラヴァ、あんたの子とは思えない懐っこさだな」

『施設』に来た当初、ヴィクターは誰も寄せつけようとしなかったが、ラヴァはリトと仲良くなりたくて仕方がないようだ。

ヴィクターは溜息をつき、窓の外へと目を遣る。

「いや、俺そっくりだろ。今まで同年代の友達なんていなかったからなあ。リトはおまえの子だけあって可愛いし」

レモンは胸を反らした。わかっているじゃねえか。リトは可愛い。

「なぜ『施設』に入れなかったんだ？」

「おまえはあんな息苦しい場所に自分の子を放り込めるか？」

ヴィクターは『施設』を嫌悪していた。しょっちゅう人間界へと抜け出したのもそのせいだ。

この男の己のしたいことを貫ける強さが子供の頃の自分の目には眩しかった。

「まあ、このままではよくないってわかっちゃいるんだ。ここには子育てした経験のある者などいねえからな。ラヴァは俺に似て絶大な魔力を持つ上に癇が強い。痛い思いをさせられるのを怖れて、誰もラヴァに近づこうとしない。あの子は俺以外にだっこされたことがほとんどないんだ。……俺も下手だしな」

だからさっき抱き上げた時、目を丸くしていたのか。

魔界一恵まれた生まれであるはずの魔王の子は、伏せさせたケルベロスの毛に顔を埋めてきゃっきゃと笑っている。リトは三つの首の一つの口を開けさせて喉の奥を覗き込んでいた。今にも首を食いちぎられそうで心臓に悪い。

ノックの音が聞こえ、デュラハンが入ってくる。レモンのひっつき虫と化していたヴィクターに何か言いたそうな顔をしたが、そこについては特に触れないことにしたらしい。首を持ち上げヴィクターの耳元で何やら囁く。

「少し席を外す」

「ん」

ヴィクターが出て行くと、レモンはそろそろと上半身を左右に捻り躯を伸ばした。それだけであちこちに痛みが走る。あれだけ腰を振っていたヴィクターは涼しい顔をしていたのにだ。

「筋トレでも始めるか。だが、その前に」

レモンは改めて部屋を見渡した。

「汚ねーな」

壁に穴まで開いているのだから当然かもしれないがこの部屋は埃だらけだった。隅には綿埃の塊まで転がっている。

「この部屋の掃除を担当しているのは誰だ」

答えたのは天井にぶらさがって休憩していた蝙蝠だ。

「ソノ、メイドタチハ、らゔぁサマヲコワガッテ、コノヘヤニハチカヨラズ……」

「放置してんのかよ！　子供部屋だぞ！」

レモンは憤然と立ち上がった。

＋　＋　＋

一段高くなっている王座の前で、大悪魔たちが静かに魔王の訪れを待っている。大悪魔のほとんどは人間と同じ姿をしていた。グレイや深紅、黒を基調にしたクラシカルなドレスや燕尾服を身に纏った彼らは例外なく美しい。

一人遅れて王座の背後の扉から出てきたヴィクターは、スポーツメーカーのスウェットパンツの上に長いガウンを羽織っただけという姿だった。惜しげもなく晒された厚みのある胸板や割れた腹に、大悪魔たちがごくりと喉を鳴らす。

大悪魔たちが膝を突き一斉に頭《こうべ》を垂れて恭順の意を示すと、ヴィクターは王座に腰を下ろした。長い足を組み片方の肘掛けに頬杖を突いただらしない体勢で命じる。

「始めろ」

「は」

退屈なルーティンが始まる。ある日突然魔王となった悪魔が魔界統治に関する知識を持ち合わせていることはほぼない。実務的なことはすべて大悪魔たちによって適切に処理される。魔王に求められているのは君臨することだけだ。

——つまらん。

歴代の魔王がろくでもないことをやらかしたのは、退屈ゆえだったのではないだろうかと魔王城に来てすぐヴィクターは思い始めた。魔王は魔界では至高の存在だ。命じるだけで何でもできる。

——俺は魔王として何をするか。『施設』を撤廃しようと思っていたが、実際に自分でやってみたら、子育てなんてとても素人にできるものではないとわかってしまったしな。

あんな『施設』でもなくなれば多くの子が育たず死ぬことになるだろう。悪魔は育児放棄とか平気でするからな……。

実際、子供の死亡率は下がっている。

形ばかりの報告が終わると、ヴィクターは即座に立ち上がった。いつもならば大悪魔たちとの無駄話にだらだらとつきあってやったりもしていたが、今はレモンがいる。一刻も早くレモンのもとに戻りたい。

だが、ヴィクターのそんな行動など予期していたのだろう。側近の一人がオペラばりの美声を張り上げた。

「時に魔王さま。昨夜は久しぶりに享楽《きょうらく》の夜を愉しまれたとお聞きしました。一体どんな方が魔王さまの寵愛を得られたのか、どうか我々にも教えていただけませんか？」

「おまえたちには関係ねえ」

「近衛《このえ》の者が心配しておりました。もしその方が一人で魔王城の中を散策されたら、無礼を働いてしまうやもしれない。なぜなら自分たちは寵姫がどのような方か何も知らされていないのだからと」

これは、言わないと絶対にやる奴だ。

ヴィクターは不承不承口を開いた。

「レモンは『施設』時代からの俺の情人《イロ》だ。瞳も髪も黒。二十歳前後に見える色男だな。俺の魔力を纏わせているから見紛《みまが》うことはねえだろ」

魔力を纏わせている、という言葉に、側近たちの間に動揺が走る。それは深い寵愛と同義だからだ。

「おめでとうございます。その方は魔王さまにとってよほど特別な存在なのですな」

レモンを思い、ヴィクターは目元を蕩《とろ》けさせる。

「ああ。初めて会った時からなんて可愛い子なんだろうと思っていた。姿だけでなく、声も仕草も考え方も」

十歳の時に出会ったレモンは子供たちの中でも異彩を放っていた。気が強そうであると同時に淋しそうでもある闇色の瞳。制服である黒い服は成長を見込んでかぶかぶかで、腕や足を今にも折れそうなほど華奢に見せていた。あの頃のレモンはヴィクターの目に、いとけない少年の持つありとあらゆる危うい魅力を体現した存在であるかのように映っていた。

「可愛い、ですか。男性の方だとお聞きしておりますが。それもかなり凛々しい」

豊満な胸を見せつけるようにコルセットを締めつけた女悪魔が戸惑いも露わに問いただす。

誰だ勝手にレモンを見た上、噂を振り撒いた奴は。

「そうだな。成長したレモンはなかなかに凶悪で性悪で実に悪魔らしい魅力に満ちてるが、世界で一番愛らしいことは変わりねえ。魔王など屁とも思わない傲慢さも俺に取り入ろうなどとは欠片も思わない誇り高さもキュートだ。本当は俺が好きでならないくせに頑張ってつれない態度を取ろうとするところも毛を逆立てた子猫のようでたまらねえ」

ベッドの中で震えるレモンを思い出せば勝手に頬が綻んだ。今夜は一体どんな風に愛してやろう？

「……っ、魔王さまがそこまでおっしゃられるとは、とても魅力的な方なのでしょう。ぜひ一度拝謁《はいえつ》したいものです」

「見せねえよ。あれのよさは俺だけが知っていればいいんだ」

大悪魔たちの冷やかな瞳の奥に嫉妬の炎が燃え始める。

「……本当に気に入っておられるのですな。部屋を用意いたしますか？」

歴代の魔王たちは気儘《きまま》に悪魔たちをつまみ食いし、気に入ればいつでも楽しめるよう魔王城に部屋を与えた。だが、ヴィクターはまだ誰にも部屋を与えたことがない。

「部屋か……いや、当分の間は俺の部屋に住まわせるからいい。どうせあれが眠るのは俺の腕の中だ。他にベッドなど必要ない」

「魔王さまの寝所に……？　ラヴァさまが添い寝をねだられたら困るのでは……？」

大悪魔の一人が気遣いに見せ掛けレモンから引き離そうとする。確かにレモン以外の悪魔なら、ベッドにラヴァが現れたら逃げ出すかもしれないが。

「はは、問題ない。レモンはラヴァと仲良くなったからな」

「何と」

驚愕する側近たちにヴィクターは自慢する。俺のレモンはおまえたちが売り込もうとする淫魔たちとは比べものにならないほど素晴らしい男なのだと。

「凄いだろ？　レモンは癇癪《かんしゃく》を起こしたラヴァに道理を説き、大人しくさせてのけやがった。これまで世話役を買って出た悪魔たちの誰も果たせなかった偉業だ。おまけにラヴァをだっこし、キスすることも厭《いと》わない。あの子に近寄りもしないおまえたちと違ってな」

大悪魔たちが目を伏せる。いくら魔力が強いとはいえ相手は幼な子である。自分たちがおとなげない振る舞いをしている自覚はあったのだろう。

「子を抱き微笑むレモンの姿は実に尊かった。自分にも子供がいるからだろう、あれは幼な子の扱いがうまい。安心してラヴァを任せられる」

ここで側近の一人が顔を上げた。

「子供がいる……？　『施設』時代から魔王さまの寵愛を得ていたというのに、他の者と子を成したということですか……？」

チャンスだと思ったのだろう。扇情的な赤毛を短く刈り上げた女悪魔が猛々しく言い放つ。

「レモンという者は魔王さまが即位された時、城に上がれという魔王さまの命を拒否し姿を消したと聞いております。いくら子の扱いに長けていても、そのように忠誠心の薄い悪魔を御身の傍に置かれるのはいかがなものでしょうか」

ヴィクターは声を上げて笑った。

「問題ない。レモンが俺のもとを離れたのは、誰かが余計なことを吹き込んだからに決まってるからな。どうせ新魔王に取り入り権力をほしいままにするつもり満々だったおまえたち大魔族か淫魔あたりだろう。あれは俺に惚れ込んでいるから操るのは容易《たやす》い。――ちなみに、余計な真似をした奴は正体をつきとめ次第、細切れにしてケルベロスの餌にしてやるつもりだから覚悟しておくんだな」

怒りに満ちた魔力がヴィクターの身から溢れボス部屋を圧倒する。レモンに余計な手出しをしたら今度こそただでは置かないとわかるよう、ヴィクターは目に酷薄な光を湛え、配下の悪魔たちを睥睨した。

＋　＋　＋

くそが。マジふざけんな。

床に散らばる雑多なものを拾い上げては、埃を拭い、とりあえずランドリーバッグの中に放り込んでゆく。こうもものが散らかっていては床に雑巾《ぞうきん》をかけることもできない。ばっちいのでリトとラヴァはベビーベッドの上に避難だ。

「りー、あい」

「や」

「やーの？」

ラヴァが差し出したものを、リトがぷいっと押し返す。どうもレモンを傷つけたことを根に持っているようだ。また胸がきゅっとする。

ラヴァは首を傾げると、持っていた豪奢なティアラをぽいっと光りものばかりの山の上に投げ出し、また両手を掲げた。今度は金の腕輪がタオルケットの上に落ちてくる。

「……あれは一体どこから湧いてくるんだ？　まさかこの場で生成してるのか？」

無から有を生み出すには、莫大《ばくだい》な魔力が必要だ。ラヴァの魔力がいくら強大でも、こうも連発できるわけがない。

埃だらけの物品を拾い集めるのを手伝ってくれていたデュラハンが肩を竦めた。

「城内のあちこちから引っ張ってきてしまわれるのです。今頃あちこちで女悪魔が悲鳴を上げています」

「いいな。その能力、俺も欲しいぜ」

「だでぃー、くちゃいくちゃいー」

リトが大きな声を上げ、ベビーベッドの柵に掴まり立ちする。レモンは雑巾を置き、立ち上がった。

「どうした。ウンチか」

手を洗ってからリトのオムツを嗅いでみるが、思ったほどにおわない。デュラハンが大きなトートバッグを持ってくる。レモンがモールに忘れてきた、ベビー用品一式が入っている奴だ。

「俺のパパバッグ！」

「はい。魔王さまがレモンさま探索のためのよすがとして回収してらっしゃいました」

オムツの入ったトートバッグに、魔王が真剣な顔をして魔力を注いでいるさまを想像すると笑える。

「ありがたいが、犯人はラヴァの方みたいだ。ラヴァの替えは」

「こちらに」

デュラハンが床に転がる品々の間から大きなパッケージを拾い上げ、雑巾でざっと拭ってから運んできてくれる。片腕に頭を抱えているため、デュラハンは片手しか使えないも同然で色々と大変そうだ。

「あー、このメーカーの使ってんのか」

その間にレモンはラヴァを仰向けに寝かせ、ズボンを脱がせた。

「何か問題が？」

「いや。愛用のメーカーのじゃないってだけ。お尻拭きはあるか？」

「いえ」

「まあ、俺のがあるからいいが……」

レモンはパパバッグから必要なものを取り出すと、手早くラヴァのオムツを替えた。オムツバケツを持ってきたデュラハンが感心したように言う。

「鮮やかなお手並みですな」

「毎日のことだからな」

「リトさまのお母上はあまり子育てには」

「出産と同時に死んだから、ノータッチだ」

片腕に抱えられた顔が神妙《しんみょう》に目を伏せた。

「不躾《ぶしつけ》なことをお聞きして、申し訳ありません」

「かまわない。どうせ契約のために寝ていただけの相手だ。まあ、この女が悪魔召喚なんかしでかしてくれたおかげで俺はヴィクターのもとから逃げられたんだが」

「そうなんですか？」

最近はめっきり減ったが召喚されればゲートを通らず人間界へ行ける。ヴィクターの転移と同じ裏技のようなものだ。

「元々は自分を裏切った男と寝取った女に復讐するために悪魔召喚に踏み切ったらしい。それなのに、現れた俺を見たら願いを変えた。ステディになって甘やかして欲しいと。俺を召喚する女はいつも同じことを言うんだ。何でだ？」

デュラハンが天井を見上げ、咳払いした。

オムツを替えているだけなのに、ラヴァにばかり構っているように思えたのだろう。リトがふんふんと鼻息も荒く腕に抱きついてくる。デュラハンがその愛らしさに目を細めた。

「レモンさまが魅力的だからでしょう。それに賢い選択だ。元の男と恋敵に見せつけられるだけでなく、自分も幸せになれますからね」

「契約に寿命を食い荒らされちゃあ、しょうがなくないか？」

「……本当にリトさまの母親に未練はないんですな。僭越《せんえつ》ながらその、魔王さまについては」

レモンはあっさり言った。

「同じだよ。やらざるをえなかったからヤってただけだ」

悪魔の成長は個体によって著《いちじる》しく異なる。今でこそヴィクターの方が十歳も年上に見えるが、『施設』にいた頃、レモンとヴィクターの外見年齢はほぼ同じだった。二十歳くらいに見えた頃だったろうか。

＋　＋　＋

酷く暑い夏の夜、人間界で。土砂降《どしゃぶ》りにあい、レモンたちはたまたま目についたバーに入った。

ヴィクターは目深にキャップを被っていたが、際だった長身とでかい態度、整った容姿はそんなものでは隠せない。それにしてもその日はやけに視線がうるさく、どうしてだろうと思っていたら、トイレに立った時に理由がわかった。レモンたちがたまたま入ったバーはゲイバーだったのだ。

席に戻って、個室に引きずり込まれそうになったと言うと、ヴィクターもレモンが席を外している間にナンパされたと笑った。

どうでもいいことだった。レモンたちは悪魔だ。人間がどうこうできるような存在ではないし、欲望に満ちた視線は気持ち悪いどころか心地いい。全身を高価なブランドで固めたレモンたちが二人揃うと、近寄り難いのか、それからしばらくの間アプローチしてくる人間はいなかった。

――あの男以外は。

「やあ、ここ、いいかな？」

他にも空席があるのに隣のスツールが引かれ、見上げるとあちこちに白いメッシュの入った髪を後ろに撫でつけた男がいた。レモンたちから見ればおっさんの年代ではあったが垢抜けており、身綺麗だ。

無反応なレモンの代わりに、ヴィクターがにっと笑った。

「構わねえぜ、おっさん。俺たちに何か用か？」

「随分と印象的な二人組だからね、ちょっと話してみたくなったんだよ。君たちはカップル？　この店は初めてかい？」

「カップルじゃない。レモンは『親友』だ」

レモンは口元を緩めメニューを手に取る。

『親友』か。人間みたいだ。

レモンにおっさんに対する興味はない。向こうは下心たっぷりかもしれないが、ヴィクターには魔眼がある。このおっさんは自分たちの飲み代を支払うために声をかけてきたようなものだ。

「実は僕、こういう者なんだけど、君たちは芸能界とか興味ないかな」

人間の若者なら大喜びで食いつくのかもしれないが、レモンは差し出された名刺を一瞥《いちべつ》しただけでヴィクターに回した。

ヴィクターは大受けだった。

「おっさん、こんなところでスカウトしようとするなんて、頭大丈夫か？　もし俺たちに芸能界への興味があってデビューまで漕ぎ着けたとしても、そのうち絶対ゲイだってバレて炎上する羽目になるぞ？」

「はは、そうかもしれないが、君たちみたいな綺麗な子に声もかけずにやり過ごすことができなくてね。それに、君たちがデビューする頃にはＬＧＢＴに対する偏見もなくなっているかもしれない」

「楽観的に過ぎるな」

オーダーを決め、バーテンを視線で探す。注文しようとしているのに気づいたおっさんが言った。

「よかったら、一杯ずつ奢《おご》らせてくれ」

――？　もうヴィクターは魔眼を発動させたのか？

思わず投げた視線の先で、ヴィクターが肩を竦める。どうやらおっさんは自主的にレモンたちに奢ってくれる気になったらしい。

遠慮なんかもちろんしない。バーテンに合図をして注文する。すぐに運ばれてきたグラスに口をつけると、舌が痺れた。

　何か入っている。

「……」

　レモンは同じく酒に口をつけたヴィクターと視線を交わした。

　自分たちに一服盛ろうとするとは、いい根性だ。その場でグラスを投げつけて叩きのめしてやってもよかったが、レモンたちはおとなしく薬が効いたふりをすることにした。

　どっちにしろ悪魔は人間とは代謝が違う。この男が望むような変化は現れない。

　酩酊《めいてい》したふりをすると、男は酔っ払いを介抱するふりをして、レモンたち二人を車に乗せた。ほんの数分で車が止まったのはラブホテルの駐車場だ。男が苦労してレモンたちを部屋に運び込んだところで、ヴィクターが薬が効いているふりをするのに飽きた。

「時間をかけすぎだ！　いつもこんなにとろとろやってんのかよ」

「えっ」

　むくりと起きあがったヴィクターに、男が固まる。

「バーのマスターと同じようにここのスタッフもあらかじめ抱き込んであるんじゃないか？　まあ、俺ももっと筋力をつけて迅速にことを運べるようにしないと見咎められるリスクが高すぎると思うが」

　続いてレモンも起き上がり、腰をさすっていた男を担ぎ上げた。

「なっ、薬が効いていないのか!?　下ろせ！」

キャビネットの前に下ろしネクタイの結び目に指を差し込むと、男が何を勘違いしたのか怯える。

「何をするつもりだ」

レモンはネクタイを使って男を後ろ手に縛り上げ、キャビネットに固定した。

「スカウトマンを装って若い男に酒を奢るって手口はうまかったと思うぜ？　俺たちでなければうまくいったかも」

「既に何組か犠牲者がいて味を占めてるんじゃねえか？　なあ、おっさん」

ヴィクターが男のポケットから財布を抜き、中身をぶちまけ始める。発見された社員証の社名を検索してみたが、男は本当は芸能関係者でも何でもないようだった。財布の厚みのほとんどを占めていた紙幣をヴィクターは自分のポケットに突っ込む。

「で、俺たちをどうするつもりだったんだ？　強姦？　輪姦？　でもってそこをAV撮影？」

「おまえの発想の方がAVっぽいぞ」

軽口を叩き合うレモンたちに、男が青くなってわめく。

「そんな恐ろしいこと、考えたこともない！」

「薬を盛っておいてよく言う」

「誤魔化そうとしたって無駄だぜ。俺は直接おまえの頭の中を覗くことができるんだからな」

ヴィクターが男の髪を掴み、顔を仰向かせる。魔眼が発動すると、男は表情をだらしなく弛緩《しかん》させた。レモンはヴィクターの肩に掴まり身を乗り出す。魔力を同調させるとヴィクターが見ているものがレモンにも見えた。息を詰め、レモンは没入する。妄想に満ちた男の内的世界へ。

ごくりと喉を鳴らしたのはどちらだったろう。

男は、変態だった。

男の頭の中では、レモンたちと男が、ではなく、レモンとヴィクターが淫らな行為に耽っていた。この男がセックスドラッグを盛ったのは、レモンたちがヤってるところを見物するためだったのだ。

同性から見ても――いや、同性だからこそ――惚れ惚れするような逸物《いつぶつ》が硬く勃起し、レモンを串刺しにしている。

ざわりと身の裡に震えのようなものが走った。

ヴィクターに突かれるたび、レモンの喉から啜り泣くような声が上がっていた。その表情は甘く蕩けている。胸の先はつんと尖っているし、反り返ったペニスは蜜でベタベタだ。ヴィクターに犯され、我を忘れるほど感じているのだ。

やめろと叫びたくなった。ヴィクターの目を塞ぎ、違う、こんなの俺じゃないと言いたい。だが、同時にレモンは、己の肉体が火照《ほて》り始めたのにも気がついていた。

興奮しているのだ。ヴィクターに犯される己に。

全身が粟立《あわだ》つ。何でだとレモンは己を疑った。だって自分はこの雄そのもののような男に抱かれたいと思ったことなどない。行動を共にしているのも、しつこくねだられ断るのも面倒になった結果だ。そもそもレモンの性的対象は無力な人間の女の子だ。

重ねてきた夜が脳裏に蘇る。レモンたちはしばしば同じ部屋で行為を楽しんだ。競うように女の子を揺さぶり、声を上げさせて――。

待てよ。あの子はどんな顔をしていたっけ。

ふと気がつき、レモンは愕然とした。

女の子の顔が思い出せなかった。ただの一人も。覚えているのは、ヴィクターの喉元を伝う一筋の汗に淫猥に揺れる腰。何事か女の子に囁き、くすくすと笑い合う声を聞いた時の鈍い胸の痛みだ。

胸の痛み？　何だそれは！

「レモン」

いつの間にかヴィクターの腕が腰に回されていて、レモンはびくっと躯を揺らした。

男の妄想の中ではレモンが後ろから乳首を摘まれ仰け反っている。女の子だってああも感じはしないのに、ひいひいと上擦った声を上げて、もっと絞ろうとするかのように腰をしならせて。

「レモン」

首を捻るとすぐ横にヴィクターの顔があり、鼓動が速くなった。

「何だ……」

——笑え。笑うんだ。おっさんの無様さを。そしてこの妙に張り詰めた空気を打ち砕け。

「何だよ、一体……っ」

どうすればいいのかわかっているのにできなかった。凍りついているレモンの方にヴィクターが躯を傾け、唇が口元を掠る。

「……レモン」

「……っ！」

強く腰を引かれ、あっと思った時にはレモンはカーペットの上に組み敷かれていた。憑かれたような目をしたヴィクターがレモンの上に跨がっている。

「ヴィク……っ」

止めろという前に噛みつくようにくちづけられ、レモンはてらりと光るヴィクターのスカジャンを握り締めた。

「ん……んん……っ」

こいつ、こんなに情熱的なキスをする男だったろうか。思い出そうと試みるが、そもそもヴィクターが誰かとキスしていた記憶自体ない。

「は……っ、んう……！」

くらくら、する。

呼吸がうまくできない。初めての時みたいに。

レモンの口の中を好き勝手に舐め回しながら、ヴィクターが掌でレモンの躯を探る。探し当てた胸の先を摘まれ、レモンはひくんと腰を浮かせた。

「んん……っ」

何だ、これ。

感じる。優しく指の腹で転がされるだけで躯の芯まで甘い痺れが走って、たまらなく切なくなる。こんなの、おかしい。

そうして、レモンはようやく気づいた。

わかった。魔眼だ。

どのタイミングかはわからないが、ヴィクターがレモンに魔眼を使ったのだ。あのおっさんの妄想通りにレモンが感じるように。

そうでなければAVでもあるまいし乳首をいじられただけでこうも躯が熱くなるわけがない。

……ヴィクターが欲しくて堪らなくなる、なんてことがあるわけない。

「キスだけでとろとろだな。可愛いぜ、レモン」

口元を拳で拭い起き上がったヴィクターがレモンを抱き上げベッドへと移動させる。横抱きにして、お姫さまのように。

「何、す……」

「わかってんだろ？　ヤろうぜ、レモン」

スラックスのファスナーが下ろされる。

「いやだ……やめろ……」

「何でだよ？　おまえだってヤりたいんだろ？　とろんとした顔を見りゃわかる」

下着ごとスラックスを引き下ろされ、レモンはヴィクターを睨みつけた。

「目元を赤くして睨まれても、興奮するだけなんだが」

剥きだしになった局部を見下ろし、ヴィクターが目を細める。何をしようとしているのか察知したレモンは、寝具を蹴りずり上がって逃げようとしたが無駄だった。引き戻され、股間のモノに食いつかれる。

「くう……っ」

強く吸われたら腰の力が抜けてしまい、レモンは唇を噛んだ。

屈辱だった。

何でだ？　何で俺に魔眼なんて使う？　お前にとっては、俺も餌である人間と同じだったってことか？

――別にいいさ。やれよ。悪魔は性に奔放な生き物だ。同性とヤる奴は多いし、支配されることに悦びを覚える奴もいる。『親友』と寝るくらい、何でもない。犬に噛まれたと思ってすぐ忘れられる。

肉厚な舌にペニスを舐め回され、レモンは大きく胸を喘がせる。

――うまい。

同じモノを持っているからだろうか。これまでベッドを共にしたどの女よりツボを心得ている。

「はあ……っ、あ……っ、ヴィクター、ダメだ、やめろ。もう、出る、出ちまう……っ」

快感を逃がしたくて、レモンは頭を振る。放せと懇願《こんがん》したものの、ヴィクターは聞き入れるどころか、強烈なディープスロートでレモンを吸い上げた。

腰の奥からマグマのように熱い奔流が噴き上げてくる。こんなに早くイくなんて男の沽券に関わると思うのに、我慢できない。

「……………くっ、そぉ……っ」

レモンはびくびくと腰を痙攣《けいれん》させた。やわらかな女たちとヤっている時には知らなかった。口淫だけでこうも鮮烈な快感を得られるのだと。

ヴィクターが喉を鳴らし口の中に吐き出されたものを嚥下《えんげ》する。口元をシーツで拭うと、ヴィクターは甘やかな余韻《よいん》からまだ抜け出せずにいるレモンの開襟シャツを脱がせ始めた。下から順にボタンを外してゆき、最後の一つの下に隠れていたシルバーチェーンを発見すると、目を輝かせる。

「俺のやった奴だな」

「別に大切にしていたわけじゃない。今日はたまたま」

「はは、わかってるわかってる」

絶対にヴィクターはわかっていない。

気怠い躯がひっくりかえされる。ヴィクターがサイドテーブルにスタンバっていたローションのボトルを手に取ったのを見て、レモンはシーツを蹴りベッドから下りようとした。これ以上の醜態《しゅうたい》を晒すのはごめんだ。

だが、足首を掴まれて引き戻される。蹴飛ばしてやろうとするも射精したばかりの下半身はまだ快楽の余韻を追っておりへろへろだ。

尻の上でボトルを押し潰したらしくいきなり降ってきた冷たい液体に、割れ目どころか太腿の内側までぬるぬるになる。

「――――あ！」

いきなり指を突っ込まれ、レモンはシーツを鷲掴んだ。

「……に、しや、がる……っ」

「ちょっと我慢な」

「う……っあ……っ」

尻の中で、ヴィクターの指が動き始める。内臓を掻き回される不快感に、レモンはシーツに顔を押しつけ呻いた。枕を抱え込むと少しだけしのぎやすくなったが、それだけだ。迂闊《うかつ》に暴れるとはらわたに穴を開けられそうで、身動き一つできない。

指が。

女の膣《ちつ》を愛撫するようにレモンの中を探っている。

たっぷりとローションを纏わせてあるのだろう。指が肉襞に圧を掛けつつにゅくっと滑ってゆく感触が苦しいのに何とも淫猥に感じられるのも、魔眼の効果なのだろうか。

未知の感覚が、レモンの中にじりじりと蓄積してゆく。それはやがて脂汗が浮くほどの苦痛を凌駕した。

「く、う……」

その上をヴィクターの指が通過したのは何度目だったろう。触れられるたびむず痒いものを感じていた凝りをにゅくりと押された刹那《せつな》、腰が跳ねた。

――何だ、これ……!?

「ん？　ここか？　それとも――」

「バカ、やめ……んう……っ！」

時間を掛けて育《はぐく》まれた花が蕾《つぼみ》をほどいたようだった。気がついたヴィクターにそこを撫でられるたび、快楽が弾ける。

「はは、感じるんだ」

「ち、ちが……っ」

「違うわけあるか。中がうねっている。うまいとばかりにきゅうきゅうオレの指を締めつけて」

「くそが……！」

悪態をついても、ヴィクターにそこに触れられると感じてしまうという事実は変わらない。何度もリズミカルに揉まれ、腰まで揺れてしまう。じっとしていられないのだ。あんまりにも——悦すぎて。

「あ……あ……あ……っ、ふ、あ……っ」

「ふは、絶景」

「……っ、黙れ！」

ただただ恥ずかしくて喚《わめ》くと、ずぷんと指が抜かれた。俯せていた躯が仰向けに返される。ヴィクターの股間で隆々と反り返り存在を主張している逸物を見てしまったレモンは竦み上がった。

他人事だった時にはデカいな、で済んでいたそれが、今は拷問器具のように見える。

「放せ……っ」

「はは、冗談だろう？　オレがどれだけこの瞬間を待ち望んでいたと思うんだ」

……どれだけ？　待ち望んでいた？

ふっと疑問を感じたもののレモンはすぐに思い直す。長期間望んでいたという意味であるわけがない。おっさんの妄想に興奮するあまり慣らす時間も惜しかったというだけのことだろう。

殴ってやろうとしたが避けられる。慣れない快楽に蕩けたようになってしまっていた下肢があられもなく開かれ、ヴィクターが腰を進めた。

「やめろばかっ。壊れるっ。そんなもんが入る、わけが……っ！」

「大丈夫だ。おまえのここはもう、指を三本も呑み込めるようになっている。まあもし壊したとしても、オレが責任取って一生面倒見てやるよ」

かあっと頭に血が上った。

この男、俺をペットにする気か。

「てめえ……っ」

死力を尽くして暴れたものの、発情した親友を押しとどめることはできなかった。ひくつく蕾にヴィクターの恐ろしいほど逞しいモノの先端が押し当てられる。

「あ……っ」

ぐっと腰を進められ、レモンは息を呑んだ。入ってくる。指三本程度では到底足りないクソでかいモノが。みちみちと肉襞を押し広げながら。

「あ……あ──────」

抵抗は無意味だった。ここまできたらもう、犯られる他ない。

力なく首を振るレモンのこめかみに、ヴィクターがくちづける。

「凄いな……レモンの中、滅茶苦茶熱い……おまけにきゅうきゅうとオレを締めつけて……蕩けそうなくらい、気持ちいい……」

訥々《とつとつ》と感想を述べられて消え入りたい気分になる。

「くそ……一体どこまで入ってくる気だ……」

長大だということは既に十分わかっていたつもりだったが、実際に入れられてみると想像以上だった。もうとっくに指でほぐされた以上の深みに達しているのに、まだ奥へと入ってくるのだ。

はらわたの中が全部ヴィクターで占領されたのではないかと思った時、ようやく尻に茂みが当たり、根本まで入ったのがわかった。

にんまり笑ったヴィクターが目元にくちづけてくる。

「悪いな、泣かせて♥」

「泣いてねえ」

「すぐ悦くしてやりたいのはやまやまだが、ちょっと待ってくれよな。おまえの中、悦過ぎてすぐイってしまいそうなんだ」

「我慢しなくていい。すぐイけ。そして抜け、この無駄にデカいモノを！　……いや待て、おまえゴムしてないな？　イくな、すぐ抜け！」

「大丈夫、オレたちは悪魔だ。人間のようにセーフティセックスに気を配る必要はない」

「そういう問題じゃないっ」

尻に刺さったヴィクターの熱情は火傷《やけど》しそうなほど熱かった。今自分は目の前の男に犯されているのだと否応もなく意識させられる。

「そろそろ、動くぞ……」

何もせずとも存在感がありすぎるのに、ぐっと腰を引かれると、内臓ごと持って行かれそうな気がした。

「ぐ、う……っ」

たっぷりと垂らされたローションのおかげで、長大なモノがぬるんと動く。その刹那、電撃のように走った快感にレモンは目を見開いた。

「あ……っ、あ……！」

「レモン、そう締めるな」

握った拳でヴィクターの肩を叩く。だが、男の動きは止まらない。

「ああ……いいぞ……最高だ、レモン……」

「う、あ……！」

レモンは分厚い肩に爪を立て、はくはくと口を動かした。ヴィクターに突き上げられるたび、嵐の中の小舟のように翻弄される。

文句を言いたかったが、指先でそっと胸の尖りを撫でられると甘い痺れが広がって、震えることとしかできなかった。

「ふ、う……っ」

「ああ、唇を噛んだら駄目だ。力を抜いてオレに身を委ねろ。己を解放するんだ」

血の滲んだ唇を、ヴィクターの指が優しくなぞる。腹が立ったので噛みついてやると、金色の目が細められた。

「悪い奴だな、レモン。まあ、そういうところも気に入っているんだが。けじめってもんがあるからな。ちょっとだけおしおきな♥」

自制をかなぐり捨てたヴィクターにガンガン突き上げられる。

こいつ、うまい。

巧みに突き上げられながら、レモンは秘かに敗北感を噛み締めた。今までレモンがしてきたセックスは児戯に等しかった。突かれるたび、腹の奥で気が遠くなるほどの快楽が弾け蜜が絞り出される。まるでイき続けているみたいだ……。

「ああ、また、イ、く――――！」

くわえこまされているヴィクターをきつく締めつけながら精を放つ。

ぐ……っとヴィクターが低く呻き、ただでさえ凶暴なモノに更に深くを穿《うが》たれた。

「ん……っ」

「は、あ……っ」

広がる熱にレモンは理解する。『親友』に中出しされたのだと。むかついたが、安堵感の方が大きかった。これでようやく解放されると思ったのだ。だが、ヴィクターはいっかな抜こうとしなかった。

「凄く悦かったぜ、レモン」

ちゅっちゅと顔と言わず胸元と言わずキスされる。甘やかな感触に、レモンは眉根を寄せた。

「そうかよ」

「必死に声を堪えるおまえの表情、最高に色っぽかった」

「……」

この男はどうしてこう、余計なことばかり言うのだろう。

自力で抜こうと肘を突くと腹に力が入り、どうしたってヴィクターのモノを締めつけてしまう。

「んう」

感じている場合ではないのに甘い痺れの残る肉襞がひくりと反応し、おまけに。

「何でデカくしてんだ！　今出したばかりだろう！」

「レモンが色っぽい声出すのが悪いんだろうが」

レモンの中にずっぷり刺さっているヴィクターのモノが復活を告げた。

大人の男性のような大きな手がレモンの腰を掴み、長身で決して軽くはないレモンを持ち上げ、俯せに体勢を変えた。繋がったままそんなことをされれば当然繋がった場所に振動が伝わってしまい、

「ひあ……っ」

「滾《たぎ》る」

抜いて欲しいモノが更に膨れ上がる。

「止めろ。もう無理だ」

恥を忍んで吐いた弱音を、ヴィクターは一顧《いっこ》だにしなかった。

「無理かどうか、試してみようぜ、レモン」

また胸の先が摘まれる。

「や、やめろ……っ」

軽く爪を立てられただけでちりっと電流のような痺れが走り、レモンは喘いだ。

「普段は仏頂面……いや、クールなのに、今のレモン、凄くえっちな顔してる……」

「うっ……あ……っ」

きゅきゅっと乳首をこねられ手の甲で口元を押さえる。中が切なくひくついていた。

魔眼のせいとはいえ、死にたいほど恥ずかしい。

「ヴィクター、マジで、頼むから、やめろ……っ」

「なんでだよ。女の子とヤる時は朝までだって平気で腰を振っていただろうが」

次にはありえないほど深くまで抉られる。ヴィクターは涼しい顔をしているが、絶え間なく与えられる喜悦に頭がおかしくなりそうだ。

「っかやろ、ファック、するのと、されるのとじゃ……っ、全然、ちげーだろっ、こんなん……初めて、なんだから……っ」

「初めて……？」

ただでさえデカいモノが更に膨れ上がったのに気づき、レモンは拳を握り締めた。

「……っだから、んで、でかく……っ！　殺す気か……!?」

「いや、今のは不可抗力だろ。よしよし、きついのはわかったが、もう少しだけつき合え。その代わり俺の魔力をわけてやる」

「は？　おい、やめろ……っ」

悪魔には魔力というものがある。人間はこれを超能力のように思っているようだが、少し違う。魔力の所有量が多ければ、物理法則を無視した奇跡を起こせるだけでなく本人の肉体も頑丈になるし膂力も上がるのだ。悪魔同士で譲渡すれば失った活力とでも言うべきものを補充することもできる。便利なようだがこういったことは滅多に行われない。なぜなら魔力には本人の個性が滲み出る。相性が悪ければ反発するし、良ければ――。

「あっ、あ……っ」

疲れ果てていたはずのモノが充血した。麻痺《まひ》しつつあった中が元通り――いやそれ以上に感度を増し、ヴィクターを締めつける。

ヴィクターが喉で笑った。

「元気、出てきたみたいだな……」

「っくそが！」

粋がってみたところでどうしようもない。ヴィクターが腰を使い始めると、感じ入った躯から力が抜ける。

「ふは……凄いな、とろとろだ……」

「あ……あああああ……っ」

ヴィクターに突かれるたびに射精感が込み上げてきて、色の薄くなった蜜がとぷんと噴き出す。量が少ないからか、硬く反り返った屹立は萎《な》える様子がない。

「はあ……っ、可愛い……。永遠にヤっていたいぜ……」

やめろ、死ぬ。

思うように動けなくてもどかしくなったのだろう。最後には再び体勢を入れ替えられ、激しく穿たれた。シーツの上に押さえつけられ、たっぷりと中に出される。

しばらくの間意識が飛んでいたらしい。気がつくと突っ込まれたまま、レモンは寝息を立てるヴィクターの腕の中にいた。

「くそ……っ」

逞しい胸板を押し、ゆっくりとヴィクターから離れる。

萎えたとはいえ平均よりずっと威圧感のあるヴィクターのペニスがレモンの中から抜き出され、夥《おびただ》しい量の精液がこぼれた。

「ふざけやがって」

ベッドから下りると、最初の数歩こそふらついたものの意地でいつもの調子を取り戻して、レモンはまっすぐにバスルームへと向かった。強い水流で情事の残滓《ざんし》を洗い流す。

強烈な一夜だった。魔眼の威力は十分知っていたつもりだったが、レモンは何一つわかっていなかった。魔眼の恐ろしさも。ヴィクターのクレイジーさも。

「こんなことをされるとはな」

裸でベッドルームへ戻ると、レモンは脱ぎ捨ててあった服を一つずつ拾い上げ、身につけていった。全部着終わってもヴィクターは目を覚まさなかったので、放置して外へ出る。

夜はまだ明けず、雨のやんだ空にはレモンの気も知らず星が輝いていた。

+ + +

「レモンさま?」

「んあ? 悪い、何だっけ」

「いえ……」

会話の途中でぼーっとしてしまったようだった。レモンはいつの間にかぺったり膝に抱き着いていたリトの頭を撫でてやる。

ヴィクターは随分と好き勝手なことをしてくれたが、これによってレモンが変わることはなかった。その証拠にヴィクターの庇護などなくても人間界で立派に暮らせていたし、ヴィクターがいなくても、いやむしろいない方が幸せだったし狩りを手伝ってくれる子供まで得られた。レモンの生活は完璧だったと言っていい。

ヴィクターなど、自分には必要ない。

デュラハンがオムツバケツを手に立ち上がる。立ち去り際、ぼそりと呟いたのが聞こえた。

「そのような顔をされるなら、やらざるをえなかったからヤってただけだなどと言わなければいいのに」

「聞こえているぞ」

脊髄《せきずい》反射で言い返しながらレモンは思う。自分がどんな顔をしていると言うのだろう。

＋　＋　＋

「……何やってんだ？」

ヴィクターが部屋に戻ってきた時、レモンは綺麗になった床で腕立て伏せをしていた。

「筋トレ」

「何で急に」

過酷な夜を生き抜く体力をつけるためだなんて言えず、レモンは腕立て伏せを止める。

ヴィクターはレモンが掃除した部屋を感心して眺めていた。

「一日で随分綺麗になったじゃねえか」

「他人事のように言うな。あんたの息子の部屋だぞ。ちゃんと掃除させろよ」

「埃じゃ悪魔は死なねえよ。ラヴァが癇癪を起こすたびに荒らされるんだ、一々掃除させていたらキリがねえし、プライベートな空間にあいつらを入れたくねえ」

「あんたな……」

やわらかな電子音が鳴り始める。レモンはスウェットのポケットからスマホを取り出してアラームを止めると立ち上がった。

リトのミルクの時間だ。

「デュラハン。ミルクは」

「ラヴァさまはもう離乳食ですので」

「ストックはないのか」

レモンはパパバッグの中を掻き回し、もしもに備えて三回分だけ用意してあった粉ミルクを取り出した。要求せずともデュラハンが電気ポットを持ってきてくれて、レモンはミルクを作り始める。ここまでヴィクターは見ているだけで何も動いていない。

「ヴィクター、リトのミルクが終わったら買い出しに行くぞ」

「……昨日まで失踪していた身で買い出しに行かせてもらえると思っているならびっくりなんだが」

レモンはリトを抱き上げて、ぼろぼろになったソファに移動する。膝の上に抱き、ほ乳瓶を口元に持っていくと、んっくんっくと飲み始めた。ラヴァは両手でベビーベッドの柵を握り締め、じーっとミルクを飲むリトを見ている。

「ラヴァもハラヘリか？　デュラハン、こいつの飯は」

「すぐお持ちいたします」

デュラハンが持ってきたのは、瓶詰めの離乳食だった。

「味気ないもの食わせてんな。ラヴァ、来い。つか、ヴィクター。見てないで運べ、ラヴァを」

「あ？　おう」

命令されたヴィクターがラヴァを抱き、運ぶ。自分で下手だと言っていただけあって、ヴィクターのだっこの仕方は危なっかしいことこの上なかった。いつでもヘルプに入れるよう、デュラハンが中腰になって目で追っている。

レモンはちょうどミルクを飲み終わったリトを右腿に跨がらせ、もう一方にラヴァを座らせた。ヴィクターに瓶詰めを渡して蓋を開けさせつつ、リトの背中をぽんぽんしてげっぷをさせる。

「けぷっ」

「上手だぞ、リト」

「次はラヴァだ。上手に食べれるか？」

レモンはリトを胸元に寄りかからせると、ヴィクターから受け取った瓶の中身を匙《さじ》ですくった。口元に運べば、ラヴァが素直に口を開ける。朝の暴れっぷりが嘘のようだ。

「あむっ」

「よーし、美味いか？」

口の中のものをこくんと飲み込んでから、ラヴァがこっくりと頷いた。

「あい」

「尊い……」

手が空いたヴィクターがソファの前にしゃがみこみ、幼な子たちに食事をさせるレモンをガン見している。

「よくわからんが、リトのオムツもミルクも残り少ない。買い出しは絶対に必要だ。それも今日中に」

「銘柄を言え。買ってこさせる」

「商品名なんか覚えてるわけないだろ。赤っぽいパッケージで下の方に何か可愛いロゴが入ってる奴だ」

「……スマホが繋がるようにしてやる。そうすれば画像で確認できるだろ？」

「んふぅ」

「当座しのぎにはなるが、リトの着替えも必要だ。俺は衣類は絶対通販では買わないからな。なー？」

二口目を食べたラヴァの顔を覗き込み同意を求めると、今度もこっくりと頷いた。

「あい」

ヴィクターが床に胡座《あぐら》を掻く。

「そんなこと言って、本当は人間界に転移したら逃げる気なんじゃねえか？」

……正直、そのつもり満々だったが、レモンはおくびにも出さない。ラヴァとリトが膝から落ちないよう、注意しつつ手を伸ばし、無精髭でうっすらと覆われた顔の稜線《りょうせん》をなぞってやる。

「昨夜、あんなにしたのに疑うのかよ」

ヴィクターの眉間に皺が寄った。

「疑っているわけじゃねえが、本当の本当に絶対に逃げないな？」

「ああ」

いけしゃあしゃあと言うと、ヴィクターが体勢を変えた。膝立ちになってレモンの腰に両手を回す。キスをねだっているのだと気づいたレモンは、内心で舌打ちしつつも唇を寄せた。

腰の後ろにあったヴィクターの手が、スウェットのゴムをくぐる。

「おい、何してる……っ」

「力を抜け」

冷たいものに尻の割れ目をなぞられ、レモンはヴィクターがただいやらしいことする気ではないことに気がついた。突き放してやりたかったが、左右にリトとラヴァを抱いているせいでできない。まごまごしている間に尻の下まで達した指が、アヌスに硬いものを押し当てる。

「何だこれ……っ」

「俺の指輪な、全部でっかい宝石がついてるだろ？　これ全部、いざという時のために俺の魔力を凝縮したものなんだよ。こうしておけばおまえがどこにいようと感知できる」

「普通に指に嵌《は》めればいいだろ」

「左手薬指に嵌めてくれるんならその方が俺としても嬉しいんだが、レモンは外しちまいそうだからなあ」

「外さない。外さないから！　あ……っ」

まだ僅かにぬめりが残っていた穴の中に冷たい金属の塊が押し込まれようとしているのを感じ、レモンはとっさに括約筋に力を込めた。

「やめろ、傷でもついたらどうする気だ」

「おいおい、一晩中俺のデカいので厭というほどこねられたばかりだぜ？　今ならきっと何でも入る。そら力を抜け。買い物に行きたいんだろう？」

レモンは奥歯を噛み締める。

最初からこうだった。ヴィクターはレモンの言うことに耳を貸さない。

――何だよ。寝ている間にどっか行くんじゃねえよ。一人じゃ魔界にも戻れないくせに。

顔を合わせたくなくてホテルを出たレモンは三日ばかり人間界をうろついていた。ヴィクターに見つからないよう魔力を抑え、あちこちを転々として。

ヴィクターに追いつかれたのは人間界には海というものがあると思い出し電車に乗って移動していた時だ。

あと十分ほどで海岸に着くというタイミングで、窓からはもうきらきらと光る水面が見えていた。唐突に間近に湧いたヴィクターの魔力を感知したレモンは、唇を噛んだ。

――帰ろうぜ、レモン。おまえ、汗くさいぜ。風呂にも入ってねえんだろ。

座席がぎしりと軋《きし》む。勝手に隣に座ったヴィクターがレモンの肩に腕を回し、もう一方の手で頬を掴んで無理矢理に自分の方へと向かせた。

――何だよ。怒ってんのかよ。

怒っていた。魔力のすべてを注ぎ込んだ拳でみぞおちに穴を開けてやりたいくらいに。

だが、目が合ってしまったらもう駄目だった。

支配される。魔眼に。

こんなしょげた顔しているのなら、帰ってやってもいいかもなんて思ってしまう。

——怒んなよ。おまえに怒られると、どうしたらいいかわからねえ。

——おまえのことが好きなんだ。本当はずっと前から好きだった。言ったら絶対断られるってわかってたから黙ってたけど、あんなん見せられたら我慢できなかった。

唇が軽く触れ合う。

上目遣いにレモンの顔色を窺うヴィクターの、悪戯をした後のケルベロスのような顔を見たらきゅうっと胸の奥が締めつけられるように痛くなった。まるでヴィクターのことが好きであるかのように。

でも、これはヴィクターの魔眼によって引き起こされた現象に過ぎない。

——もうおまえ以外の奴とはヤらねえ。一等大事にするって約束するから帰ろうぜ。

この男の言葉に耳を傾けては駄目だ。呑まれてしまう。ヴィクターの人間ごっこに。自分は非情な悪魔らしい悪魔になりたいのに。

目を伏せヴィクターのキスを受ける。目を開けたら既に魔界で、レモンは電車の座席ではなくヴィクターのアルコーブに腰掛けていた。まだ帰ってもいいと言ってないのに。

だからいまだレモンは海に行ったことがない。

——俺が何を言い何を考えようが、こいつにとってはどうでもいいんだ。

指輪がぐうっと奥まで押し込まれる。

温度差に膚がそそけだったが、ヴィクターの言う通り、指輪は痛みもなくレモンの胎《はら》の中に飲み込まれた。

「う……っ」

「何だ、感じたか？」

「だでぃ？」

心配そうに見上げるリトの水蜜桃《すいみつとう》のような頬に頬を押し当て、レモンはヴィクターを睨みつける。痛みこそないものの、違和感が酷い。

「欲しくなったらハメてやるから言えよな」

「誰が言うか……っ」

今すぐにでも出してしまいたいが、買い物には行きたい。絶対に逃げ出してやると胸に誓いつつ、レモンは背もたれに肘を突きそろそろと姿勢を変える。

くそ、変に力を入れると指輪がまずいところに当たって腑抜けた声が漏れそうだ。

「覚えてろよ……っ」

「デュラハン。外出の用意だ」

片腕しか使えないのに、デュラハンが器用にベビーカーを出す。ラヴァをベビーカーに乗せ、リトはレモンがだっこした。

「レモン、転移するぞ。ちびどもも用意はいいか」

わった。

「あいっ」

ヴィクターが案外愛嬌のある笑顔を見せると、ラヴァがベビーカーの中で躯を上下に揺する。すぐに数え切れないほど経験してきた独特の感覚が襲ってきて目の前の風景が変わった。

「デパートか……」

しかもハイブランドばかりが並ぶフロアだ。

「買うのは俺のじゃなくて、リトの服なんだが」

「安心しろ。子供服のラインもちゃんとある」

ベビー用品がどこにあるのか把握していたのか。

これまでのヴィクターにおよそ父親らしいところなどなかっただけに、レモンは軽い驚きを覚えた。

片っ端から服を見てゆく。レモンがリトの服を手に取ると、ヴィクターも同じ服のサイズ違いを手に取った。リトに試着させると、ラヴァにも試着させる。

「おい、真似すんな」

「いいじゃねえか。双子コーデ、可愛くねえ?」

……否定できない。

そんな気などなかったのにお揃いで何組も選んでしまう。

「それからほらこれ。おまえも着てみろ」

男親用にも揃いの服があった。ヴィクターとのペアルックならごめんだが、リトやラヴァとなら文句はない。尻の中の指輪を気にしつつもあれもこれもと試着させているうちにリトがむずかり始めたので、一旦小さなホールの真ん中のベンチで休憩を取ることにする。さすがに疲れてしまいぼへっとしていると、ヴィクターがぼそりと言った。

「今通り過ぎた赤いワンピースの女、いいな」

レモンはちらりと視線を走らせ目に見える範囲にいる女をチェックする。

「あんたは本当に胸のでかい女が好きだな。俺はあっちのボブがいい。アスリートっぽい引き締まった足に清楚《せいそ》な黒髪……」

「おまえあれ、清楚なのは見かけだけのビッチだぞ？」

「いいんだよ、見掛けだけ好みなら中身はどうでも」

どうせ人間の女などカモでしかない。

「でかすぎる胸って不自然に見えてどうも苦手だ」

「偽物でもいい。女の胸はたゆんたゆんしていて欲しい」

「あの……魔王さまもレモンさまも、実は随分と疲労されています……？」

控えていたデュラハンが緩い会話に顔を引き攣らせる。一体どういう術を使っているのか、誰も己の生首を小脇に抱えている騎士に驚かない。

「まあ、疲れてはいるが、気にすんな。俺たちはこれが通常運転なんだよ」

懐かしい。人間界に行く度、今夜はどの女の子を相手に選ぼうかと品定めしたものだ。

「そういや巨乳好きなのに、何で俺に勃つんだ？」

長年の疑問を舌に載せる。男も女も両方嗜《たしな》む悪魔は普通にいるが、ヴィクターにレモン以外の同性に手を出している気配はなかった。ヴィクターの嗜好《しこう》はどちらかと言えば異性寄りだ。

「レモンと巨乳は別物だろうが。巨乳は嗜好品だが、レモンは魂のビタミンつーか、ないと萎《しお》れんだよ俺が」

「わけがわからん」

捻っていた躯を伸ばし背もたれに寄りかかると、肘掛けに載せた手にヴィクターの手が重ねられる。指の隙間に指が差し込まれついでにぎゅっと握り締められた。

「わからんかー」

愛おしげに見つめられ、レモンはふいと顔を背ける。

少し休んでHPが回復したので、ドラッグストアを回る。目的の品が揃うと、ヴィクターはまたデパートのハイブランドが並ぶ区画に戻った。今度はレモンの着替えを揃える気らしい。

うきうきした様子に際限なく試着させられる未来が見え、レモンは釘を刺す。

「試着は五回までだ。それ以上はしないぞ」

「ああ？　何から何まで揃えなけりゃいけねえのに、少なすぎねえか!?　もしかしてアレか？　激しく動くと感じちまうから……」

レモンは軽く膝でヴィクターの尻を蹴った。

「あんたみたいな下衆《げす》が魔王だなんて、本気で魔界の行く末が思いやられるぜ」

ショップの中央に据えられたソファに腰掛けて、リトとラヴァを膝の上で遊ばせる。ほどなく、ヴィクターがショップスタッフを従え戻ってきた。スタッフの腕にはレモンが試着するべきスーツからジャージまでが山と積まれている。

指示された通り五セット試着すると、レモンはトイレに行くと告げ、リトだけつれて店を出た。ヴィクターの魔眼がなければ支払いはスルーできない。――つまり今が逃げるチャンスだ。

トイレの個室を確保したレモンは、リトをベビーチェアに座らせた。

「リト。いないいないない、ばー」

「！」

一旦顔を隠した両手を開くと、ぱっと笑顔になったリトが両手を掲げる。

「ないないない～」

舌足らずに唱えたリトが小さな手で両目を塞ぐと、レモンは素早くスウェットパンツを下ろした。

「まだまだ、ないないできるか？　リト」

遊んでいるつもりのリトを煽りながら尻穴を探り、レモンはごくりと唾を呑む。

ヴィクターは言っていた。尻の中に忌々しい指輪がある限り後を追えるのだと。逃げるなら、指輪を捨てなければならない。

もたもたしている猶予《ゆうよ》はない。服を包ませ終わったらヴィクターはきっとここへやってくる。ヴィクターのあのごつい指だのアレだのをくわえ込まされてからそう間がない。いけるはずだ。

レモンはリトのために持ち歩いていたワセリンをまぶした指を二本、揃えて尻の穴にねじこんだ。

「く……」

何をしているのか冷静に考えると、心が折れそうだ。

部屋にあったローションを持ってくればよかったと思いつつ、レモンは指輪を押し込んでしまわないよう、ゆっくりと中を探る。

「だあ、でぃ？」

何も知らないリトは両手で目を押さえたまま嬉しそうに躯を揺すっている。知りたくもなかった自分のはらわたの感触を味わいながら、レモンは返事をする。

「まだだぞ、まだまだ……」

あった。

指先が体温にあたためられた金属に触れる。レモンは奥歯を噛み締め、そろそろと指先を広げて指輪を挟もうと試みた。肉襞が圧迫される恐ろしい感覚に吐き気さえ覚えつつも何とか指輪を挟むことができたのだが、何か、おかしい。

多少は押し込んでしまうことを予想していたのに、指輪は微動だにしない。

肉に強く締めつけられているせいかもしれないと思いつつ、引っ張ってみると、腹の内側が攣るような感覚があった。

癒着しているのか？

迷っていたのは一瞬だけ、レモンはかまうものかと力を込めて指輪を引き抜こうとした。それが間違いだったらしい。

弾けた皮がつるりと剥けるような感触と共にリングと台座の部分だけがすっぽ抜けた。残った石が急速に膨れ上がる。

くそっ、発芽しやがった。

魔王の魔力で生み出された何かが急速に成長し、レモンの肉筒を押し広げる。後ろに手を伸ばし、蕾の外まではみ出してきた部分を引き抜こうとすると、それはレモンの中で厭だとばかりにのたうった。

「く……っ」

いくつにも枝分かれした先がレモンのペニスや太腿に巻きつく。膚の上を這いまわるおぞましい感触に、レモンは身震いした。

「だあでぃー？」

なかなか『ばあ』と言われず焦れたリトに催促され、レモンは小さく喘ぐ。

「まだ、だ……っ」

ヴィクターは予期していたのだろう。レモンが逃げ出そうとするであろうことを。そしてヴィクターらしい淫らなギミックを仕掛けた。

尻の奥、どくんと脈打ったそれの表面にぼこりと突起なようなものが生まれる。突起が動き出したのを感じ取り、レモンは呻いた。

「嘘だろ……」

どうやら突起は、本体と薄い皮の間を移動しているようだった。接触は表皮越しで、直接摩擦されているわけではないから痛みはない。だが、ヴィクターによって念入りに快楽を覚え込まされた肉壁をごりごり刺激されてはたまらない。

「……っ！」

レモンは両手で口を塞いだ。そうでもしないとリトがいるのに、あられもない声を上げてしまいそうだった。

気持ち悪いのに気持ちいい。

中だけではない。外にはみ出した部分もまた螺旋《らせん》を描くようにレモンのペニスを這い上がり、割れ目をまさぐっている。ここからも中に入るつもりなんだろうか。

こんなところを責められた経験はないが、一度侵入を許してしまえば新しい扉が開かれてしまうであろうことは容易に想像できた。今、先端をいじくられているだけで、腰が砕けそうなくらい感じているのだ。

「ふ、く……っ」

レモンは壁に突いた手の甲に額を押しつける。

幼な子は我慢が利かない。すでに結構な時間が経っている。いつリトが目を開けてもおかしくはない。ラヴァと違って外見通り幼いから、見たことの意味はわからないかもしれないが、それでもこんな姿をこの子に見せたくない。

完全に上を向いた性器の先から蜜が溢れ、とろとろと幹を伝い始める。

尻穴が女の膣のようにひくつき、己を嬲《なぶ》るグロテスクな肉塊を締めつけた。

感じる場所の上で突起が細かく振動し始めれば下半身が甘く痺れてしまい、ずるずると躯が沈み始める。

――いい。

でも、何か、物足りない。薄皮を隔てているせいだろうか。もたらされる快感は甘いばかりで。

腰に食い込む指も、激しい突き上げによって尻穴が擦り切れるんじゃないかという恐さもない。

「ヴィク、タ……」

完全にしゃがみこんでしまいそうになった時だった。

腕を掴まれ、躯を引き上げられた。

いつの間にか個室の扉が開いており、ヴィクターがにやにやしながらレモンを見下ろしている。

「何だ?」

勝ち誇ったような顔からレモンは目を逸らした。

「……別に」

「俺を呼んだろう?」

「……空耳だ」

「そうか。しょうがねえ、用がないなら戻って——」

レモンは出て行こうとするヴィクターの腕を掴み返した。

見なくてもわかった。ヴィクターがドヤ顔をしているのが。

がたん、と背後で音がする。便器の蓋が閉じたのだ。

軽く突き放されたレモンが便座の上にへたり込むと、個室の中に入ってきたヴィクターはベビーチェアに座るリトに向かって身を屈めた。

「目を開けていいぞ、リト」

「やめろっ」

待つのに飽きていたリトは、レモンの制止を無視する。

目を押さえていたちっちゃな手が左右へと開かれ、つぶらな瞳にすぐ目の前にあるヴィクターの顔が映った。

「眠れ」

リトの躯が糸が切れたように前へと傾く。ヴィクターはリトを抱き上げて扉の外にいたデュラハンに渡すと、扉を閉め鍵を掛けた。

リトがいないならばもう、我慢する必要はない。レモンはヴィクターのジャケットの襟を掴み、引き寄せる。

「くそっ、ヴィクター、寄越せ……！」

額にくちづけが返された。

「ナニをだ？」

「下衆め……っ」

震える指でヴィクターの前立てを開き、性器を取り出す。ソレはまだやわらかく、役に立ちそうになかった。

「なんだ、これでヤって欲しいのか？　もしそうなら――」

口か手で愛撫しろと要求するつもりだったのだろうが、そんな必要などない。レモンはヴィクターの胸を押し下がらせると、背を向けて便器の蓋に右膝を乗せた。上半身を倒し、ヴィクターに尻を向ける。それから尻から溢れだした部分を掴むと、中にみっちり埋まったモノがふるんと震えた。

「あ……っ」

いい。

レモンは快楽に逆らわず、腰を揺らした。圧迫すればこれが暴れるのはもうわかっている。ペニスを愛撫するように手の中のものを揉み込み腰をもどかしげにしゃくりあげれば、背後でごくりと唾を呑み込む音が聞こえた。

「くう……ン、い……」

タンクに頭を押しつけて体勢を保ちながら、勃起したペニスを扱いて頂を目指し始めると、ヴィクターが舌打ちする。

「あ……」

腹の中から肉塊がずるずると引きずり出される。刺激に鼻にかかった声を漏らすと、ヴィクターが忌々しそうに吐き捨てた。

「おまえは本当によく俺のことを理解しているぜ」

　用なしになった肉塊がトイレの床に投げ捨てられたのと同時にヴィクターに貫かれる。扱いている様子もなかったのに、ソレはビンビンで、レモンは込み上げてきた笑いを噛み殺した。ヴィクターはレモンが尻を振って見せただけでこんなになってしまったのだ。

　ちょろい。

　まあ、俺もだが。

　簡単に煽られ腹を立てているのか、荒々しく突き上げられてレモンは冷たいタンクに縋った。

「あっ、はっ、あ、あ……っ」

　途中で何度か人が入ってきた気配があったがレモンもヴィクターも止める気など微塵もない。嘘だろ、という声や壁を叩く音はむしろ興奮を高めるスパイスだ。

　何て気持ちがいいんだろう。ヴィクターに抱かれていると抑えが利かなくなる。

「うあ、あ、ゔぃく、イく……っ」

　既に限界まで昂ぶっていた躯はすぐに上り詰め、レモンは絶頂へと転落しつつヴィクターを締めつけた。

　もっと欲しい。

　もっともっともっと。

盛りのついた雌猫より酷い。

「くそっ、搾り取られる……っ」

尻に指が食い込む。熱いものが注がれると、レモンのペニスからも白濁が飛び散って便器の蓋を汚した。喜悦に包まれ、レモンは打ち震える。

――でも、まだ足りねえ。

最後の一滴まで搾り取られすっかり萎《しぼ》んだヴィクターが腰を引こうとすると、レモンは掠れた鼻声を漏らし、後ろ手にヴィクターの服を掴んだ。

「レモン」

「まだ、だ。もっかいしようぜ、ヴィクター……」

止めたくない。ヴィクターが欲しい。

「……っ、おまえって奴は……！」

飢えたような色が金の瞳を過る。だが、ヴィクターはからからと音を立ててトイレットペーパーを引き出し、後始末を始めた。

「ヴィクター！」

「服を着るんだ、レモン」

レモンはヴィクターを睨み据える。躯の向きを変えて便座に腰かけ、片足で引き寄せようとしたら、ヴィクターに髪を掴まれた。乱暴に引き寄せられ、耳元で囁かれる。

「……戻ったら、おしおきだ」

レモンは身震いした。

服装を整えトイレを出ると、ソファスペースでラヴァとリトがぐっすりと眠っていた。つきそっていたデュラハンが生真面目に立ち上がる。

「魔王さま！」

「帰るぞ」

魔王城に帰り、まだ眠っている幼な子たちをベビーベッドに寝かしつけると、ヴィクターとレモンはもつれるようにして寝室へと雪崩込んだ。

「さって、お待ちかねの続きといくか」

レモンをベッドに突き倒し、ヴィクターがいかにも魔王然とした悪い顔で唇を舐める。

＋　＋　＋

翌日、窓の外には魔界にしては明るい空が広がっていた。竜たちが飛び交っているのが遙かに望める。

「買い出しにかこつけた脱出計画は失敗か」

　ヴィクターの姿はすでにない。気持ちのいい天気だというのに、腰がぎしぎしと軋む。レモンはゆっくりと起き上がると、ストレッチを始めた。悪魔は人間より遥かに頑丈で魔力が充実していれば回復も早いはずなのに、なぜこんなにダメージが残っているのか。不可思議だ。

「お目覚めになりましたか？」

　二人の幼な子を跨らせたケルベロスを従え、デュラハンが寝室にやってくる。

「だでぃ！」

　と喜びの声を上げケルベロスの背から滑り落ちようとしたリトを捕まえ、レモンは小さな呻き声を上げた。

「大丈夫ですか。レモンさま」

「うるせえ。飯」

　用意された食事をがつがつ平らげつつ新たな脱出作戦を練る。まずは己の置かれた状況を把握すべきだろう。たとえば魔王城の構造、警備の状況。元からかレモンが来てから人払いしたのか、ヴィクターが居住区として使っている区域では蝙蝠とデュラハン以外に会ったことがない。

「よし、野郎ども、探検だ」

食事を終え立ち上がると、リトが煩《うるさ》くちょっかいを出すラヴァを押し退けはいはいしてついてくる。レモンはまず必要と思われるものをパパバッグに詰め込んだ。リトを抱き上げ、少し考えてからラヴァも抱き上げる。ヴィクターの子だし世話などしなくてもいいのだが、期待に目をきらきらさせ見つめられれば置いて行くのは難しい。

——ほだされたわけじゃねえ。騒がれるとヴィクターが戻ってくるかもしれないからだ。

幸いデュラハンの姿も蝙蝠の影も消えていた。

ふらりと部屋を出る。ヴィクターの寝室は廊下の突き当たりに位置していた。廊下にはいくつも扉があるが、ほとんどはいつも鍵がかかっている。唯一開く扉の内側は子供部屋となっており、ボス部屋へと繋がっていた。変な配置だが、執務中でも何かあった時すぐさまラヴァのもとに駆けつけられるようこうしたのなら、まあ、納得だ。

レモンが来たことがあるのはここまでだった。廊下の先には行ったことがない。

「だでぃ、りー、ないあーう」

ご機嫌でわけのわからないお喋りをするリトに相槌を打ちながら足を進めると、突き当たりにぶつかった。視界をふさぐ四角い壁の中央には小さな扉が一つある。だっこしていたラヴァを下ろすと、てってこ歩いていってうんと背伸びをし、ドアノブを回してくれた。

「もしかして、ラヴァに開けさせれば鍵が開くのか……？」

開いた扉の向こうには広大な空間が広がっていた。左手はすぐ突き当たりになっているが、右手は闇に沈んでおり果てが見えない。

「ボス部屋の前の廊下か」

見覚えのある巨大な扉の前に派手なブランドもののドッグウェアを着たケルベロスが丸くなっている。

「わんわー！」

リトが叫ぶと同時にラヴァがよたよたと走りだした。腕の中のリトもケルベロスに向かって身を乗り出す。

「うわっ、危ねえだろ」

黒いガラスを溶かし流したような床の上に下ろすと、リトも大きな尻を振り振りケルベロスに向かって突進していった。幼な子たちは二人とも、もふもふした生き物が大好きなようだ。

レモンはリトの後についてゆっくり歩きながら視線を巡らせる。魔力を研ぎ澄ませて気配を探ると、近くにはケルベロスしかいなかった。姿は見えないが、廊下の反対端の方に二人ほど悪魔が控えているようだ。

「ガバガバだな」

警備などないも同然だが、足裏を通して覚えのある気配が伝わってくる。

「城全体がヴィクターの魔力を纏ってんのか？　まさか城自体がヴィクターの一部となっ

ているってことはないよな」

もっと詳しく探りたかったが、五分もしないうちにボス部屋の扉が開き、ヴィクターが現れた。会議でもしていたのか、その後ろからぞろぞろと大悪魔たちも現れる。

ケルベロスの毛に埋もれ、笑い声を上げていたラヴァが急に静かになった。てとてと戻ってきて、レモンの足にしがみつく。

レモンは身を屈めると、ラヴァの頭を乱雑に撫でてやった。

「何をしている」

「見ればわかるだろ。子供たちをでっかいわんこと遊ばせてんだ」

「あれは地獄の番犬、俺の護衛なんだが」

「魔王ともあろうものが誰かに守ってもらう必要があんのか?」

おっと正鵠《せいこく》を射てしまったらしい。ヴィクターが言葉に詰まった。その間に他の悪魔たちもレモンの方へとやってくる。

「魔王さま。もしやこの方がレモンさまですか?」

ヴィクターが心底厭そうな顔をした。誰であれレモンに近づけたくないのだ。レモンはあえてにっこりと笑ってやった。

「何で俺の名を知ってんだ?」

「魔王さまが絶賛しておられましたもの。素晴らしい方だと」

婉然《えんぜん》と微笑み返した女はヴィクターと並んでも遜色《そんしょく》ない迫力ある美人だった。煌《きら》びや
かなドレスの胸元から覗く乳房はこぼれ落ちんばかりの大きさで、見るからにヴィクター好みだ。

「ずっとお会いしたいと思っていましたの。ラヴァさまが誕生されてからずっと無聊《ぶりょう》を託っていらした魔王さまの心を奪われた方を。ああでも、想像していた以上でしたわ。ねえ、レモンさまよろしければ私どもの夜会に――」

「黙れ」

ヴィクターがぴしゃりと言う。

「レモンを見るな。声を聞くな、話しかけるな。これは俺のものだ」

独占欲丸出しの子供のような駄々だったが、悪魔たちは一斉に膝を折り、頭を垂れた。

「……っ、申し訳ありません」

レモンは呆れる。

「ヴィクター、俺にはあんた以外の者と話すことさえ許されねえのかよ？」

「俺がいれば他の者など必要ないだろうが」

膚の下がざわついた。

ヴィクターは本気で言っている。

手の込んだドレスにクラシカルなサーコート。燕尾服。羽根飾り。『施設』にいる時、雲

の上の存在のように思っていた大悪魔たちの誰もが、跪いたまま立とうともしない。

すっかり忘れていたが、ヴィクターは魔王で、魔界のすべてがこの男のしもべなのだった。馬鹿みたいな駄々だって押し通せる立場にあるのだ。

——冗談じゃない。

憤りがレモンの胸を灼く。

何とかしてこの男に、自分はおまえの思う通りになどならないのだと思い知らせたい。

その時、最後尾で身を縮めている男が目に入った。

——待てよ。あのピンク頭には見覚えがあるぞ。

「……俺は籠の鳥じゃねえんだ。大悪魔の方々に招待していただけるなんて光栄だ」

「レモン！」

「あんたも来るんだろう？　そこのピンクの」

わざとらしく声を掛けると、派手なピンクに染めた髪を逆立てた痩せた男は引き攣った笑みを浮かべた。

「申し訳ありません。不調法者なれば、夜会などとてもとても」

大悪魔の数人が驚いたように顔を上げる。明らかに今の台詞はこの男のキャラではなかったのだ。

——見るからにパーティーピーポーって形《なり》してるもんな。

「それは残念」

また下らないことを考えているのだろう。ヴィクターの視線がピンク頭の上から動かない。不穏な気配を察した巨乳の女悪魔が優美に一礼した。

「お邪魔をしては申し訳ありませんし、私どもはそろそろ失礼いたします。魔王さま、レモンさまをお披露目《ひろめ》するのは悪いことではないと思いますわ。魔界の隅々までこの方は魔王さまのものなのだと知らしめることができますもの」

レモンはぎょっとした。夜会にはそんな影響力があるのだろうか。

大悪魔たちがしずしずと去ってゆくと、がっと肩が重くなった。

「ああいう浮かれポンチな頭をした奴が好みってわけじゃねえだろうな」

レモンは溜息をつき、肩の上からヴィクターの腕を払い落とす。

「冗談だろう？　鶏ガラに興味はない」

——なんてな。

既知の悪魔などここにはいないと思っていたのだが、そんなことはなかった。あのピンク頭の顔には覚えがある。『施設』までわざわざレモンを訪ねてきて、身の程をわきまえて身を引けと釘を刺したクソ野郎だ。

あいつが魔王城に来たレモンを快く思っていないであろうことは想像に難くない。利用できるかもしれない。

＋　＋　＋

ヴィクターが目を覚ました時、レモンはまだ眠っていた。いつも可愛い顔を半ば覆っている前髪が流れ、額が剥き出しになっている。起きている時は険の強さが目立つが、眠っている時のレモンはただただ美しく、ヴィクターの胸は愛おしさで張り裂けてしまいそうになった。

「素直になればいいのによ」

この恋人は強いふりをしているが、とても淋しがりやで情緒不安定だ。己の中で確かに息づいている恋心を認められない意地っ張りでさえなければ、どこまでも愛を注いでやるのにとヴィクターは思う。

子がいるとわかった時には頭に血が昇ったが、今更怒ったって仕方がないと割り切った。そもそも悪いのはレモンに自分のもとを離れるよう唆《そそのか》した誰かだし。女なんてデザートみたいなもんにすぎないし。人間界での女関係はノーカウントだ。うん。

もうしばらく恋人の裸身を抱き込み微睡《まどろ》んでいたかったが、寝室の扉が吹き飛びそうもいかなくなった。

「アアアアア、オヤメクダサイッ」

寝返りを打つと、ふんすと鼻息荒く胸を反らした息子と、床に座り込み目をぱちぱちさせているリト――恋人の息子の姿が映る。

レモンはリトがだでぃと叫ぶと、飛び起きた。

「リト!?」

毛布が滑り落ちて剥き出しになった白い背中にヴィクターは目を細める。

絶景かな。

「だでぃー」

オムツで膨らんだ尻をうんしょと持ち上げてから立ち上がったリトが、ぺったぺったと大理石の床を踏み締め前進を開始する。幼な子の頭上を蝙蝠がぱたぱたと飛び回った。

「モウシワケアリマセン、マオウサマ。オトメシタノデスガ」

「……かまわん。もう慣れた。どうせラヴァの仕業だろう」

のっそりと起き上がり、ヴィクターは片手で寝乱れた髪を掻き上げる。

ベッドの上から身を乗り出したレモンが、手の届く範囲に達したリトを持ち上げ抱き締めた。きゃあっと笑い声を上げたリトを左膝にまたがらせると、入り口に突っ立ったままだったラヴァをも手招く。

「ラヴァも来るか？」

怒られると思っていたのだろう、探るような目つきをしていたラヴァの表情がぱちんとスイッチを入れたかのように変わった。無邪気に、嬉しそうに、幼な子らしく。たたたと近づいてきて抱き上げられるとレモンの腕の中ではにかみ、もじもじする。

この子のこんな顔をヴィクターは見たことがなかった。

幼な子のぷっくりした頰にレモンがくちづけようとしたので、ヴィクターはラヴァの服の背中を引っ張る。

「おい、何す……っ」

「俺に挨拶するのが先だろう？」

問答無用と唇を塞ぐ。たとえ息子といえど——いや、欲しいとなったら何が何でも手に入れようとする自分の血を引いている息子だからこそ、きっちり順位づけはしておかねばならない。

舌まで入れると、腕の中の躯が震えた。まだ服を着ていないから、直接膚が触れている。仄かな体温に昨夜の乱れっぷりを思い出し、単なる挨拶ですませるつもりだった行為に熱が籠もる。

「はあ……っ」

満足するまで堪能《たんのう》してから解放すると、レモンはいつもはしたたかな表情を浮かべている顔を上気させていた。潤んだ目元が色っぽい。濡れて色づいた唇を拳で乱暴に拭くと、ぷいっと顔を背けてしまう。

「レモン……っ、いてっ」

においたつ色気に誘われもう一度キスしようとすると、脇腹に衝撃が走った。見下ろすと怒った顔をした息子がぽかぽかとヴィクターを叩き、退かそうとしている。

「何をする、ラヴァ」

「大人げないことをするからだ。ほら来な、ラヴァ」

長い前髪を耳にかけ、レモンが改めてラヴァの額にくちづける。ちゅっと音を立てて離れると、ラヴァの頬がぽわんと色づいた。

「リトもだ」

どこか不安そうに他の子にキスするレモンを見つめていたリトは、頬にキスされると安心したらしい。わけのわからないお喋りを始める。

ありふれた日常に過ぎないのに、こんなにも胸が詰まるのはどうしてだろう。ヴィクターは思わずレモンを強く抱き締める。

「おい、何だ」

レモンは迷惑そうに押し退けようとするが、離さない。

一旦下がった蝙蝠がまたぱたぱたと部屋の中に入ってくる。

「マオウサマ、アサノオットメノジカンデス」

もうしばらくここでレモンと幼な子たちの心あたたまる情景を眺めていたかったが、ヴィクターは頷きレモンの首筋に顔を伏せた。

「俺がいなくてもいい子にしていろよ」

音を立てて軽く吸う。肩越しにヴィクターを振り仰いだレモンの瞳は奇妙に凪いでいた。最低限身なりを整え部屋を出ると、先刻までのあたたかさが嘘のような冷たい静寂に身を包まれる。

「——あれは何か企んでいるようだ。目を離すなよ？」

歩きながら警戒を促すと、蝙蝠はびっくりしたようだった。

「テッキリ、ココニナジミツツアルモノダト」

「本当に馴染むつもりだったら、ああも大人しくしているものか。まったく、なぜ大人しく俺の手の中にいてくれねえんだろうなあ。まあ、一筋縄でいかないところも最高と言えば最高なんだがよ」

ペット志願の悪魔たち相手では食指も動かない。

「ソ、ソウデスカ……」

「見たか？　子供たちにちゅっちゅっちゅって。ラヴァまで抱き締めてくれるなんてよ、レモンのあまりの尊さに昇天するかと思ったぜ」

「マオウサマニ、テンカイニイカレテハ、コマリマス」

蝙蝠が一室の前で前進するのを止め、飛び回る。ヴィクターがドアノブを掴んだ。

「おいおいわかれよ。魔王ジョークじゃねえか」

＋　＋　＋

ヴィクターがいなくなり朝食を終えると、レモンはデュラハンに適当な用を言いつけて追い払った。前回と同じくトートバッグを提げ、幼な子二人を左右の腕に抱いて廊下に出る。

最初に目についた扉のドアノブを捻ってみるが、鍵がかかっていて開かない。前回はここで諦めたが、今回は違う。

「ラヴァ、いい子だ。ここを開けてくれ」

手が届くようしゃがみ込むと、ラヴァが躯を捻って両手でドアノブを掴んだ。えいやと踏ん張ればあっさりと扉が開く。

「ビンゴ！」

レモンがにんまり笑む。扉の中は暗い洞窟のような通路となっていた。幅は狭いが、鍾乳石《しょうにゅうせき》の吊り下がる天井は高い。初めて目にする景色にリトなどは目をぱちぱちさせている。

緩く湾曲し先が見えない洞窟に踏み込み進んでゆくと、いきなりぱたぱたという羽音ときいきい声が湧き起こり天井に反響した。

「タイヘン、タイヘン！　らゔぁサマダ！」

「らゔぁサマガキタ！」

一体どこに潜んでいたのか、蝙蝠の群れが一斉に飛び立ち逃げ惑う。怖がられて、ついこの間まで癇癪を起すたび膨大な魔力を爆発させていたラヴァが泣きそうな顔になった。

「気にすんなラヴァ」

腕に抱いた幼な子の額に一つキスしてからレモンが声を張り上げる。

「おい、ラヴァの顔見るなり逃げようとすんな。可哀想だろうが」

天井近くで大きな塊のようになった蝙蝠たちの群れがぎくりとしたかのように揺れる。ラヴァが顔を赤くしてレモンの肩口に顔を伏せた。レモンがラヴァにキスするのを見たリトは大きく目を見開きじいっとレモンの顔を見つめている。

「そこで止まれ。止まらないと撃ち落とす」

レモンの警告に従い、蝙蝠たちが天井に止まった。どうやら子供部屋に出入りしている蝙蝠はここに混じっていないらしい。握り拳ほどの大きさしかないとはいえ、白い鍾乳石が真っ黒に見えるほどびっしり蝙蝠が密集するさまはなかなか壮観だ。

見上げていると、リトが首っ玉にしがみついてきた。

「りーのお」

「ん？　何だ？」

「だでぃ、りーの」

どうやらレモンがラヴァにキスしたの見て拗ねているらしい。下の子ができて嫉妬する上の子のような振る舞いに、レモンの表情が緩む。

「もちろん、俺はリトのだぜ、ハニー」

レモンはリトの頭にもキスした。

「……さて、おまえたち、教えて欲しいことがある。ピンク頭の大悪魔を知っているか？」

蝙蝠たちがきいきいとざわめいた。

「ぴんくアタマ？」

「ごーるどばーぐサマノコト？」

「イマ、マオウサマノゴゼンニイルハズ」

しめた。

「そいつと二人きりで会えそうな場所を教えろ」

「……マオウサマハ、ゴショーチデ？」

レモンが舌打ちすると、黒い壁面全体がびくっと揺れた。

「魔王なんざくそくらえだ。早くしろ。燃やされたいのか？」

「コチラデス」

ぱたぱたと目の前まで舞い降りてきた蝙蝠に従い歩きだす。

レモンはゴールドバーグに会ったら、人間界への手引きを命じるつもりでいた。あの男にとって自分は目障りな存在であり、人間界に遁走《とんそう》してくれたら万々歳くらいに思っているはずだ。もし断られたら、かつておまえなど魔王に似つかわしくないとレモンに説教したことをヴィクターにバラすと脅す。断言してもいい。ヴィクターは嬉々としてピンク頭を嬲り殺しにすることだろう。レモンの求めに応じなければ、ゴールドバーグに明日はないのだ。

岩だらけで歩きにくい洞窟を足取り軽く進んでいると、ラヴァがおずおずと訊ねた。

「だあは、まおーとなかよし、ない？」

だあ、というのは自分のことだろうか？

小さく首を捻ったものの、レモンは指をしゃぶっているラヴァに答えた。

「そうだな。仲良しではないな」

「だあもそのうち、ばいばい、すゆ？」

「ばいばい？　何でそんなこと――」

問いかけ、レモンは自分で答えを見つけた。ラヴァは魔王城の中では随分と怖がられているらしい。誰もがこの子の傍に長居することなく去っていったのだろう。世話係に甘んじているらしい蝙蝠もデュラハンもラヴァを恐れている。自分のように接する大人は今のこの子の周囲にいない。

不憫《ふびん》な奴だ。

などとは悪魔だから思ったりしないが、つるりと舌が滑った。

「ばいばいしねえよ。もし魔王城を出る時にはおまえも連れていってやる」

一瞬だけしまったと思ったものの、もう遅い。ラヴァが不安半分期待半分といった目をじいっとレモンに向けている。

「ぜったい？」

いたいけな様子を見ていたら、まあいいかという気になった。手元に置いてはいるものの、父親であるヴィクターはだっこですらおぼつかないのだ。幼な子が一人から二人になったところでそう変わらない。

「ああ。リト、いいだろ？」

「やー」

「おいおい、ハニー」

リトはお冠だ。ラヴァに己の存在を脅《おびや》かされかねないと感じているのだろうか。かつて自分がヴィクターに感じたように。

——そうだ。あんまり自由奔放で悪魔的魅力に溢れているものだから、俺はあいつを見ていると自分の存在がくすんでゆくように感じた。

こんな情けない話、絶対に誰にも言えないが。

緩やかに湾曲しながら続く洞窟はあまり遠くまで見通せない。歩いても歩いても果てが見えず、段々と蝙蝠に惑わされているのではないかという気になってきたところでレモンたちは唐突に終点に到着した。入ってきたのと同じ木の扉で洞窟が終わっていたのだ。

扉の前で足を止め、ぱたぱたと辺りを飛び回る蝙蝠を見上げる。

「ここを出るとどこに抜けるんだ？」

「マオウジョウノゲンカンほーるデス」

つまり、外に近いのだ。

「ありがとよ」

レモンはラヴァを地面に下ろすとドアノブへと手を伸ばす。触れた瞬間、ぴりっと静電気のようなものが走り、反射的に手を引っ込めた。

「……？」

微かにヴィクターの気配のようなものを感じ舌打ちしそうになる。気のせいかもしれないが、厭な予感がした。もう一度恐る恐る触れてみると今度は平気だったので捻ってみるが、回らない。

「ラヴァ、ここ、開けてみてくれ」

「あい」

うんと背伸びをするが、ラヴァの手はドアノブまで届かない。抱き上げようかと思った時だった。ドアの横に浅黒い手が突かれた。

「どこへ行く気だ？　レモン」

ドアの正面に立つレモンの横に威圧感を放つ長躯が聳え立っている。

レモンは溜息をつき、天を仰いだ。

またゲームオーバーか。

「その扉を開けられれば城からは出られるかもしれねえが、魔界にいる限り、俺の目からは逃れられねえぞ」

「そうかよ」

「ところで、おしおきされる覚悟はできているんだろうな？」

ヴィクターは逃亡を企てられて怒るどころかにやにやしていた。余裕たっぷりの表情が癪に障ったので、レモンはラヴァの上着をひょいと掴んで横に退け扉を蹴破る。

できた脱出口を潜ろうとするが、瞬時に伸びてきた黒い蔦のようなものが足に巻きついてきて、前のめりに倒れそうになった。

「おっと」

カーディガンの背中を掴まれ顔は打たずに済んだものの、別の蔦にリトを奪われる。

「おい、返せ！」

「世話は任せた」

リトが背後に控えていたデュラハンに渡された。

「りー！」

ヴィクターのズボンを掴み仁王立ちになったラヴァが力んだが、魔力を爆発させる前にくたりとその場に座り込んでしまう。魔眼を使われたのだ。

ケルベロスがやってきて眠り込んだラヴァをくわえ上げると、ヴィクターが歩きだした。

「さって筋トレの成果を見せてもらうとするか」

「……っ、てめ！」

何のために体力をつけようとしていたのか、知っていたのか。

レモンの顔にかあっと血が昇る。だが、起き上がることさえできない。

ヴィクターが扉を潜り廊下に出ると、レモンも蔦によって足から先にずるずるとひきずられ連行される。黒い大理石が敷き詰められた廊下は滑らかで痛みはないが、屈辱だ。

「頑張り屋さんなところは滅茶苦茶可愛いと思うが、俺のもとから逃げようとするのはいただけねえなあ。悪魔なら誰でも欲しがる俺の愛を一身に浴びといて何が不満なんだ？」

ベッドの傍まで到達してようやく黒い蔦から解放され、レモンは憤然と起き上がった。

「愛とか、人間みたいなこと言うな。俺たちは悪魔だ」

ヴィクターが立ち上がりかけたレモンの腕を引っ張ってベッドの上へ転がす。

「なあ、レモン。悪魔に愛することはできないと誰が言ったんだ？　そいつは本当に信じるに足る奴だったのか？」

レモンは戸惑う。レモンにとってそれは誰に教わったかなど思い出せないほど慣れ親しんだ『常識』だったからだ。

＋　＋　＋

何度となく求められ、レモンは思い出すのも厭になるほど感じ、叫び、醜態を晒した。最後には意識を飛ばしてしまい、ようやくおしおきはお終いとなったらしい。いつもならそのまま爆睡するのだが、どういうわけか数分で目が覚めた。

目を開けるとヴィクターがどろどろになった下半身を拭いてくれていて、レモンは慌てて目を閉じ直す。

くそ、知りたくなかった。この男は魔王の癖に毎回こんなことをしていたのだろうか。馬鹿野郎と罵《ののし》ってベッドから蹴り落とすべきか真剣に悩む。そうすれば一時は気が晴れるだろうが、もうなかったことにはできない。でも、今ならまだ見なかったことにしてしまえる。変な夢を見たということにしてもいい。

ぐだぐだと寝たふりをしている間に後始末が終わる。レモンに毛布を掛けると、ヴィクターは一旦汚れ物を手にどこかに消えたが、すぐ戻ってきてベッドに上がった。あたたかな掌が頬に当てられる。

――何だ？　何をする気だ？

今更寝たふりをしていたとは明かせない。じっとしていると、額にキスが落とされた。

まるで大切なものの名前を呼ぶように、名前を呼ばれる。

「レモン」

「レモン」

また、キス。

「レモン……」

枕の上に流れていた前髪がすくいあげられ、そこにもキスされた。

「魔王になんかなるもんじゃねえなあ。権力が役に立つどころか、おまえの心は遠ざかる

ばっかりだ」

どこか倦《う》み疲れた声の調子にどきりとする。

「どんなに言葉を尽くしてもおまえは耳を傾けやしねえ。セックスも駄目ときた」

この男は何を言っているのだろう。

「おまえのことは誰より知っているはずなのになあ。どうしたらいいのかさっぱりわからねえ。俺はただ、おまえに傍にいて欲しいだけなのに」

レモンは息を詰めた。睫毛が震えそうになるのを必死にこらえる。

何だよ、それ。もしかして寝たふりをしているのがバレていたのか？　そうでなければヴィクターは本当に――？

――やめろ、考えるな。

心が砕けそうになる。

悪魔に情などないのに、夢を見てしまいそうだった。ヴィクターは本当に自分のことを好きで、セックスも性欲を満たすためでなく、自分の心を篭絡《ろうらく》するための手段のつもりなのだ、などという。

もう抵抗するのなんか止めて、この男を愛し愛されてもいいんじゃないか？

でも、自分からヴィクターの背中に手を回して？　キスして？　それからどうする？

矜持など忘れてあのペット志願の小悪魔たちのように寵愛を乞うのか？

――冗談じゃない。

ほんのちょっとでも楽な方向に流れることを己に許したらきっと後はなし崩しだ。ヴィクターも、少しでも隙を見せればレモンを己の庇護の下に置こうとするだろう。だが、レモンはそんなのは厭だった。

己の力に見合わない場所などいらない。ヴィクターの隣にいるなら、大悪魔たちが何を仕掛けてこようが揺るがずにいられるだけの力を得てからだ。

――いや、別にいたくないけれど。それ以前に、魔眼がなければ俺は血迷わないし、悪魔に情なんかないけどな！

やっぱり一刻も早くここから逃げようとレモンは思う。行く当てなどないけれど、レモンがレモンらしくあるためには、それ以外ない。

＋　＋　＋

翌日、レモンはリトとラヴァを連れて魔王城の地下水路から脱出しようとしているところを捕まった。その更に翌日には魔王城の外壁を這う蔦を使って地上に下りようとしているところを捕獲される。もちろん毎回魔王によって厳しく仕置きされるのだが、諦める様子はない。

+ + +

「マオウサマ、ごーるどばーぐサマガ、ダイジナオハナシガアルトマイッテオリマス」

蝙蝠に声を掛けられ、ヴィクターはようやく裸のままうだうだとベッドに留まるのを止めた。

「おう、今行く」

泥のように眠るレモンの頬に一つキスをしてベッドを下りる。ワードローブの中から白のパンツに派手な柄シャツを選び出し手早く身に着け静かに部屋を出ると、ヴィクターはぶつぶつと愚痴《ぐち》り始めた。

「ったく、毎日毎日何であいつはあんなに頑張りやがんだ。おしおきが癖になったんじゃねえだろうな」

ヴィクターの斜め前を飛ぶ蝙蝠は賢明にも口を閉ざし案内に徹している。どうせ犬も食わない何とかだと思っているのだろう。だが、ヴィクターは黙々と挑戦を繰り返すレモンに不気味なものを感じていた。

――ああまでして人間界に戻ろうとするのはなぜだ？

厭だ厭だと口では言っているが、本当にヴィクターを嫌っているわけではない。夜ごとのセックスをレモンもしっかり楽しんでいる。

――魔界ではなく、人間界に何かあるのか？　執着するものが。

思考を巡らせつつ扉を開くと、殺風景《さっぷうけい》な小部屋があった。家具と言えば上座に一つ椅子があるだけで側近の一人が冷たい石床の上に跪いている。

「おはようございます、魔王さま。おくつろぎ中のところ、邪魔をして申し訳ありません」

上目遣いに顔色を窺う目の卑屈さが不快で、ヴィクターはまだまだ長々と続くはずの挨拶を端折《はしょ》らせた。

「御託はいい。用件は何だ」

爪先で床を叩き急かすと、男がごくりと喉を鳴らす。

「レモンさまのことです」

ヴィクターは足を組み、肘掛けに頬杖を突いた。

「ゴールドバーグと言ったか。レモンについて何を知っている」

「人間界であの方がどのように生活していらしたのか、でございます」

ゴールドバーグはファンキーなピンクの鶏冠《とさか》が印象的な男だ。廊下で会った時、レモンがいやにこの男のことを気にしていたのを覚えている。

「あれはモテるからな。ヒモでもしていたのだろう」

「その通りでございます。レモンさまはたった三年の間にいくつも上物の魂を獲得し、偽名で売りさばいておりました。契約が成るまでの期間、契約を結んだ女性全員に貢がせていたようです」

「要領のいいことだ。しかし、そんなことを報告しに来たわけではあるまい」

「はい。私が魔王さまにお知らせしたかったのは、一人、例外がいたということです」

ヴィクターは片膝を立てた。

「どういうことだ」

「一年半ほど前からレモンさまは陽之介という人間の男の家で暮らしておられましたが、この男とは契約を結んでおりません」

「何？」

悪魔が人間に力を貸すのは魂を得るためだ。契約は魂を捕縛するための術の一部、締結しなければすべてが徒労となる。

「にもかかわらず、レモンさまは陽之介が背負っていた借金を消してやったり、家を奪い取ろうとする輩《やから》を追い払ってやったりと様々に尽くしております。新しく作った女のもとへと一時的に移り住むこともありますが、一仕事終えた後、戻ってゆくのはこの男の家です。思うにレモンさまはこの男に、悪魔らしからぬ情を抱いているのではないでしょうか」

「――――！」

否定したかったが、ヴィクターには思い当たる節があった。

魔界に連れ戻した夜、レモンは人間のにおいを纏っていた。あれはその男のにおいだったのではないだろうか。

厭な予感がぎしぎしと心臓を締めつける。

「その男の家とは――」

「まさに魔王さまがレモンさまを捕まえられたあの場所です」

しまったとヴィクターは臍《ほぞ》を噛む。レモンと再会した時、階下に人間の気配があった。気にせず帰還してしまったが、あれがレモンの情夫だったのか。

「おまえはなぜそんなことを調べようと思った」

ピンク頭の下品な顔が更に下品に歪む。

「もちろん魔王さまへの忠誠ゆえです。魔王さまにこれほどまで寵愛されながら人間の男とただならぬ関係になるなど、到底許せることではありません。どうかあの悪魔をお傍に置くのはお止めください」

理由は嫉妬か。

ヴィクターは席を立った。

「ふん……レモンがおまえに会いたがっていたというから、魔王城から追放してやろうかと思っていたが――」

ピンク頭が目を剥いた。

「何ですと!?」

「今回の褒美だ。やめておいてやる。これからもレモンについて情報が入ったら持って来い。いいな」

既に頭の中は人間界にいるという男のことでいっぱいだ。

自分が傍にいない間、レモンが女と寝るのはまあ仕方のないことだとヴィクターは自分の中で折り合いをつけることに成功していた。自分と同じようにレモンも女と寝るのは別腹のように捉えているに違いないと思っていたからだ。ふわふわやわらかい女と寝るのは、甘いスイーツを摘むようなもの。ヴィクターにとって本命はあくまでレモンで、女との関係によってレモンへの執着が揺らぐことなどない。

だが、男とも寝ていたと聞いて、ヴィクターは自分でも驚くほどあっさりとぶち切れていた。

レモンもヴィクターと同じく互い以外の男と寝たことがないと思っていた。ヴィクターはレモン以外の男を欲しいと思ったことなどなかったから、レモンもそうだと思っていたのだ。

でも、違ったのか？　おまえは俺にしたように他の男にも足を開き、俺に聞かせたのと同じ切ない声をその男にも聞かせていた？　俺の前で見せたのと同じ痴態を見せ、感じている顔を晒していたのか——？

許せん。

大股に部屋を出て、出てきたばかりの寝室へと向かう。

おしおきだ。

＋　＋　＋

腰を片手でさすりつつ、ベビーカーを押す。

「だあ？」

座っていたラヴァが頭を仰け反らせ、ベビーカーを押すレモンの顔を見上げた。ラヴァの膝の上にはリトがむっつりした顔で座っている。ラヴァの主張で一人用のベビーカーに二人で乗り込んだが、リトはレモンにだっこして欲しかったのだ。腰の調子がイマイチなレモンにとってはラヴァの申し出は大変にありがたかったのだが。

「ん？　ああ、気にすんな。ちっと腰が痛むだけだ。ラヴァのパパは本当に底意地が悪いな」

目が覚めたらヴィクターはいなかった。来客があったらしい。好機とばかりにレモンは大急ぎで準備を整えると本日の逃亡計画に取り掛かった。止めようとしたデュラハンと蝙蝠をクローゼットの中に閉じ込めて。

捕まったらまたヴィクターに仕置きを食らうだろうが、だからといって大人しく魔王に囲われてはいられない。

取り返しのつかない何かをしでかしてしまう前に魔王城から逃げ出さねばならない。思わずくそがと吐き捨てそうになり、危ういところで思い止まる。ベビーカーの中のラヴァの眉がハの字になっていたからだ。

「悪い。今のは八つ当たりだ。ラヴァ、すまないがこの扉を開けてくれるか？」

まだ試したことのなかった扉の前でベビーカーを止めると、ラヴァがわざわざ下りて背伸びをした。あとちょっと足りないのを助けてやろうと抱き上げようとしたところでがちゃりとドアノブが回る。ラヴァが魔力を使ったのだ。

「サンキュ、ラヴァ」

頭をぐしゃぐしゃ掻き回してやると恥ずかしそうに俯く。本当にこの子は父親に似ず可愛い。

扉の中にあったのは人間界にもありそうな、何の変哲もないシンプルな通路だった。からからとベビーカーを押してゆくとやがて明るい長方形が見えてくる。出口だろうか。

歩くペースが上がる。

だがまだ喜ぶのは早いとレモンは逸る心を諫《いさ》めた。毎回いけるかなと思った瞬間にヴィクターに捕まっている。今回もヴィクターが現れるかもしれない。

――あいつ、何で俺の居場所を嗅ぎつけることができんだ？

魔王城が内包するヴィクターの魔力のせいではないかと見当はついているが、攻略方法がわからない。数を重ねればいつかパターンが見えてくると思うのだが、今のところ解明の気配はない。

通路の先は小部屋になっており、椅子が何脚か置かれていた。他には何もないが、庭に面した大きなバルコニーがある。

下までどれくらいの高さがあるのか覗きに行こうとしたところで、黒い炎のような魔力を纏ったヴィクターが空からゆっくりと下りてきた。

またか。

レモンはがっくりと肩を落とす。今回の脱出計画も失敗に終わってしまったらしい。起きたばかりだが、これからいつものように寝室に引っ立てられることになるのだろう。

だが、バルコニーに降り立ったヴィクターを見たレモンはおやと首を傾げた。いつもならえっちする口実ができたとばかりににやにやしているヴィクターが烈火の如く怒っていたからだ。

「どこへ行く気だ」

「どこだっていいだろーが」

「陽之介とやらのところか」

「あ？　陽之介？　なんであんたが陽之介のことを知っている」

話が予想もしなかった方向に飛び、レモンは眉間に皺を寄せた。

「おまえ、陽之介とやらと、寝たのか？」

「は？」

レモンはぽかんとヴィクターの顔を見返した。

「何でいきなりそんなことを聞く」

「はぐらかさずに答えろ。寝たのか、寝てないのか」

冗談かと思いきや、ヴィクターは真剣だ。

だが、いずれにせよそんなのこの男が関知することではない。今までだって、お互いに誰と寝ようが気にしなかったのだ。

——そうだ。俺たちはそういったことは気にしない。互いを愛してるわけじゃないからだ。

　本当に気になっているわけでもないくせに、四の五の言うな。

「誰と寝ようが俺の勝手だろう。あんたには関係ない」

　ヴィクターが放った怒気に反応し、リトがぱっとちっちゃな両手で頭を押さえた。

「関係ないわけねえだろ。言ったはずだ。俺はおまえが好きなんだと。つまり、おまえと寝た奴は全員殺す」

「は？　冗談にしても笑えないんだが」

「冗談じゃねえ。本気だ」

　かたかたとベビーカーが揺れる。レモンは掌で腕を擦った。膚は粟立っているし、手は震えて落ち着こうとしない。

　脅えているのか？　俺が？　ヴィクターに？　……ふざけんな！

　レモンはぶちきれた。

　魔力に圧倒的な差がある？　魔王だ？　――そんなの、くそくらえだ。

　レモンにとってヴィクターはただのヴィクター。誰が何と言おうと平伏《ひれふ》す気などない。

「勝手なことばっかり言いやがって。もううんざりだ。俺はあんたのペットじゃねえ。何でもかんでも好きにできると思ったら大間違いだ」

「怒るってことはそれだけそいつのことが大事なんだな？」

いだろう！」

「何言ってんだ？　おまえ、頭がおかしいんじゃないのか？　そんなこと、誰も言ってな

「ほらムキになる。おかしいじゃねえか。何でおまえ、契約を結んでいるわけでもないのにそいつとずっと一緒にいたんだ？　名前だって憶えてやがんじゃねえか。どんな美女の名前でも翌日には忘れていたのに！」

かあっと躯が熱くなる。

陽之介とは寝ていないのに。

「くそっ、やめだ。もう全部やめた！　人間界に帰る」

リトを抱き上げようとしたレモンの腕をヴィクターが掴む。

「待て、駄目だ。それは許さん」

「放せ！」

雷光を纏わせた魔力で叩き落とすと、ヴィクターの圧がぶわっと強まった。黒い蔦のようなものが壁を這いレモンに殺到する。とっさに飛び退くと、レモンのいたところを通り抜けた蔦は椅子を突き倒しけたたましい音を立てた。

大きな音にリトが身を縮め、ラヴァが目を見開く。

「……っ」

蔦の数が増える。放物線を描くように迫ってくるのに気を取られた隙に、床すれすれを

走ってきた蔦に足をすくわれた。背後へとひっくり返る瞬間、後頭部をしたたかに打ちつけることを覚悟したが、それはなかった。四肢が搦め捕られ、空中へと持ち上げられたからだ。

「放せ……っ、下ろせよ！」

「この状況で下ろしてもらえると思うか？」

蔦が十重二十重《とえはたえ》に巻きつけられる。決して逃がさないとばかりに。

だが、ヴィクターのターンはそこまでだった。

いきなりレモンとヴィクターの間の空気が弾け、蔦がちぎれた。

「何!?」

床に落下した衝撃に息が詰まる。

「だでぃー！」

混乱しつつ上半身を起こしたレモンの背中に、リトが体当たりするように抱きついた。

そして、前からはラヴァが。

「ラヴァ？」

おまえが抱きつくべきはヴィクターじゃないのかと思いつつも抱き返すと、ラヴァはヴィクターを振り返った。

「め――――っ！」

部屋が爆発したと思った刹那、すべてが視界から消えた。

「え……ええええ……!?」

黒い鬱々とした城の代わりに、魔界ではありえない青い空が眼前に広がる。身を切るような冷たい空気が部屋着代わりのジャージと厚手のパーカしか着ていない身に堪えた。

「さっむ」

左右には綺麗に剪定《せんてい》された冬椿の垣根が延びている。尻の下には風化した石畳。どうやらここは人間界の公園か寺社の一角らしい。レモンは揃いのふわもこロンパースを着ている幼な子の頭にウサギ耳つきフードを手早くかぶらせると、二人を両腕に抱えて休憩所の幟《のぼり》の立つ建物に向かって走りだした。

からからとガラス戸を開くと、暖かい空気がふわっと膚を撫でる。中央に五台ほど長テーブルが並べられているが、利用者はいない。プラスチックの安っぽいベンチの上に幼な子たちを下ろすと、レモンもどさりと腰を下ろした。

「はー、驚いた」

人間界への転移はヴィクターの十八番だ。だが、あの状況でヴィクターがレモンを跳ばすわけがない。となれば。

「ラヴァがここに連れてきてくれたのか?」

フードが鬱陶しいのか引っ張っているラヴァの顔を覗き込むと、ぱちぱちと瞬く。

「ありがとよ、おかげで助かったぜ。こんなことができるなんて、凄いなラヴァは」

うりうりと頬をこねてやるとラヴァは恥ずかしそうにレモンの胸に顔を埋めた。ついでに淋しく思わないようリトも引っ張って抱き締めてやる。リトがきゃーうと歓喜の声を上げた。

「本当に、末恐ろしいですわ。魔王城は魔王の一部。簡単には傷つけることさえできないのに、壁を吹っ飛ばしてのけたばかりか転移まで」

「……！」

妖艶な女の声に、レモンは弾かれたように立ち上がった。

「脱出、おめでとうございます。レモンさま」

「魔王城にいた、巨乳か」

ラヴァから笑顔が消え、レモンのパーカが握り締められる。

レモンを夜会に誘った女悪魔が休憩所の中にいた。黒いレースで飾られた足首まであるタイトなワンピースと厚底ブーツは目立つが、ギリギリ人間界で着て歩ける範囲だろう。

「おめでとう、か。俺が逃げたがっていることをあんたは知っていたのか？」

もしヴィクターからあらかじめ逃がさないよう通達が出ていたのならまずいと思ったのだが、そういうことではなさそうだった。

「即位するなり姿を消したという話でしたし、魔王さまへの態度を見ればわかりますわ。

魔王さまにほしいままにされるのはさぞかしおつらかったでしょう。悪魔には強いものに隷属することこそ悦びと感じる者がいる反面、あくまで己の主人でいたがる者もいるのだと魔王さまは理解していらっしゃらないんですもの」

しなを作り擦り寄ろうとする女悪魔からレモンは躊躇わず後退った。

「……あんたも誰かにかしずくなんて耐え難い部類のようだな」

おまえなどちっとも信用していないのだと言わんばかりの態度に、女悪魔は秀麗な眉を顰める。

「仕方ないでしょう。代々私たち大悪魔が無能な魔王の下で魔界を支えてきたんですのよ?」

「無能……」

「あら、ご存知でしょう? 魔王は魔界の統治について何の教育も受けていない有象無象の中から選定されるんだって。即位したからって何ができるわけでもなし、魔界を治めるための実務は私たち大悪魔が担っているんですのよ。魔界が平和なのは私たちのおかげ。有り余る魔力に任せ馬鹿げた真似ばかりする魔王はむしろ害悪でしかありませんわ」

レモンは長テーブルに尻を乗せると、ラヴァの背中をとんとんし始めた。テーブルの上に下ろしたリトはレモンの腕に身を寄せ、にこりともせず女悪魔を見ている。

「それで? 何で俺を待ち伏せした」

「待ち伏せだなんて、厭な言い方をしないでくださいまし。魔王城の中では手出しできなかったけれど、人間界でなら私も魔王さまの目を盗んで動けますの。力を貸しますわ、レモンさま。まずはこちらにいらして。安全な隠れ家を用意したんです。よかったらそこで話を――」

「断る。あっちへ行け」

躊躇いなく追い払おうとするレモンに、女悪魔の顔が引き攣った。

「……何ですって？」

「でかい乳だな。派手な顔といいゴージャスな躯つきといい、あんたはヴィクターの好みそのものだ。でもこれみんな、本物じゃないんだろう？　全部あいつの好みに合わせて誂《あつら》えなおしてある。違うか？」

女悪魔は溜息をつくと、複雑に編み上げた髪に触れた。レモンの言ったことは聞かなかったことにしたらしい。

「魔王は災厄です。ご存知でしょう？　歴代の魔王がろくでもないことばかりしてきたこと。黒死病などというものが振りまかれたおかげで私たちの餌がどれだけ減ったことか。ちょっとでも気に入らないことをした同胞たちだって容赦なく消されて――」

「賭けてもいいが、そいつは消されるべくして消されたんだ」

「……！　どうしてそんなことが言えるの？　魔王は残虐で――」

「そうだな。あのくそったれは冷酷で他人を傷つけることを躊躇わない。だが、あいつは必要のないことはしない」

レモンは十歳の時からヴィクターを見てきた。好き勝手に振る舞っているように見えるが、ヴィクターの行動の裏には冷徹な計算がある。くだらない挑発に乗って角を折ったのは、同じような馬鹿が出ないよう牽制《けんせい》するため。上級生を叩きのめしたのは、一度舐められると先々苦労することになるからだ。魔力を持ち膂力も凄まじいものがある悪魔にとって殺すのなんか簡単なことだし実際に『施設』でも毎年何人か死ぬが、ヴィクターは殺していないし、小悪魔たちに至っては怪我をさせたこともない。ヴィクターは意味もなく他人を苦しめて楽しむ趣味など持ち合わせていないのだ。

「あなただって意に反して従わされているのでしょう？　知っているのよ？　先日人間界に下りた時も、魔王の魔力の塊を呑まされて――」

かっと顔が熱くなった。

「あんたには関係ない」

相手は大悪魔。冷静に対処しなければならない。痛烈な一撃を与えたいのはやまやまだが、ヴィクターだけでなく大悪魔からも追われることになっては面倒だ。だから、このことは言わないでおこうと思っていたのに。

「偉そうなことを言っているが、あんたはヴィクターを誘惑できなかったんだろう？　だから俺を使って仕返ししようとしているだけなんじゃないのか？」

女悪魔はけんもほろろにヴィクターにあしらわれた悪魔たちと同じ目をしていた。

正鵠を射てしまったのだろう。女の顔つきが変わった。

「ふ……ふふ、可哀想な囚われの悪魔かと思いきや、あなたってばとんだ食わせ物だったみたいね。厭がっているのはふりだけ、いいえ、魔王の心を自分に縛りつけるための駆け引きだったんだわ」

「違う」

「わかるわ！　魔王は魔界第一の存在であるだけでなく、あっちの方も巧いものね。一晩で何回イかされたことか——」

ざわりと全身の毛が逆立った。

この女、ヴィクターと寝たのか。

「違うって言ってんだろ……！」

ラヴァが胸に押し当てていた顔を上げた。女悪魔を見つめるリトのなめらかだった眉間には、いつの間にか深い皺が寄っている。

石油ストーブに載せられた薬缶から噴き出す湯気だけが漂っていた空間に、急激に魔力が漲り、そして——。

＋　＋　＋

まだ午前中のカフェは空いていた。一人で四人掛けのテーブルを占領して持参したノートパソコンの画面を見つめているのは、野暮《やぼ》ったい小豆《あずき》色の厚手のカーディガンに身を包んだ陽之介だ。仕事をするつもりでここに座ったのだが手は指の関節に貼られた絆創膏ばかりいじっている。ちょっと包丁で削っただけの傷は何度もかさぶたを剥いたせいでいまだ癒えていない。この傷を弄るたびに陽之介は今はもういない居候《いそうろう》たちのことを思い出す。

「レモン、もう帰ってこないのかなあ。一日に一回はリトちゃん吸ってミルクくさいにおい堪能しないと、やる気が出ないんだよなー……」

変態がかった台詞を吐くと陽之介はスマホを取り出し何度か指先を滑らせた。画面に表示されたのは通りすがりの猫をもふっているリトの写真だ。テンションを上げたい時用のお宝動画を幾つか眺め、いつまでもこうしていても仕方がないと画面を消した時だった。断りもなく目の前の椅子が引かれ、男がどっかと腰を下ろした。

「ここ、いいか？」

許可したわけでもないのに勝手に席に座るなんてマナー違反だ。駄目だと言おうと思って目を上げ――陽之介は仰天した。

頬杖を突きこちらの反応を窺う男は、テレビ越しでないのが不思議なくらいの男前だった。

瞳の色は金色。エキゾチックな顔立ちには悪戯っぽい笑みが浮かんでいる。躯を斜めに捻っているのは、足が長すぎてテーブルの下に納まらないからに違いない。肘近くまで無造作にめくり上げられた黒いシャツの袖から覗く腕は逞しく、浅黒く焼けているせいで十二時の位置に小粒のダイヤが嵌め込まれた腕時計がやけに目立つ。光の角度が変わった刹那に光ったのは、一番安いラインでも百万はくだらない某ブランドのマークではなかろうか。

――どうしてこんな絵に描いたようなセレブ男がここにいるんだ？　ここは白金でもビバリーヒルズでもなく新宿だぞ？

こんないい男に半径百メートル以内にいて欲しくない。陽之介は男を排除しようとした。

「よくないから、他へ行ってくれないかな。空いている席がいくらでもあるだろ？」

セレブの笑みが深くなる。

「案外はっきりものを言うな」

「そりゃあ最近まで、きっちり主張しなきゃ尻の毛まで毟《むし》ろうとする図々《ずうずう》しい同居人がいたから」

服は勝手に拝借されるし、とっときのおやつは食べられてしまう。酷い男ではあるが、陽之介は生来ののんき者であったし、レモンとの生活は何ともあたたかく心地よかった。

「図々しい、か。羨ましいぜ」

セレブが溜息をつく。

「は？　どこがだ？」

「親しい間柄でないと我が儘《わがまま》も言えねえだろ？　そいつはおまえに心を許してたってことじゃねえのか？」

「そうかあ？　こっちが腹を割ってつきあえば相手も胸襟《きょうきん》を開くもんだろう？　まあ、よっぽど無神経に振る舞わない限りは、だけど」

セレブががくりと頭を仰け反らせ、片手で胸を押さえた。

「ぐさりとキたぜ」

芝居がかった仕草にますます心の距離が遠ざかる。

「……あんた、何なんだ？」

「んー？」

ことりと小さな音を立てて、セレブの前にコーヒーカップが置かれた。

「おう、ありがとうよ」

netmet

この店はチープなチェーン店でセルフ式だ。連れがいたのかと思い顔を上げ、陽之介は目を疑った。コーヒーカップを置いた男はぼろぼろの燕尾服を着ていた。ちょうどカウンターの方へと戻ろうとしているところで顔は見えない。

「さて、何だと思う?」

陽之介は燕尾服の男を目で追いながら考える。

役者だろうか? だが、ハロウィンでもないのに、街中で仮装するだろうか? 仮装でなければ。

「えーと、はは……そんな、まさかな……」

ある可能性が陽之介の胸の中に浮かぶ。

一口飲みカップをテーブルの上に置くと、セレブは居住まいを正した。妙に強い光を放つ瞳が陽之介を見据える。

「おまえは運命というものを信じるか?」

陽之介はノートパソコンを閉じ、さりげなく片づけを始めた。

「あー、僕は神さまとかそういうの、信じない方なんだ」

あからさまに引かれているというのに、セレブは動じない。真剣に先を続ける。

「そうか。俺もだ。だが、運命は信じている。運命というより、運命の人だがな」

「うんめいの、ひと」

失笑しそうになり、陽之介は歪んだ頬を手で隠した。

「そうだ。一生を共に歩み、愛し続けたいと思う存在って奴だな」

「あんたがしたいのって、宗教勧誘じゃなくて恋バナなのか？」

「端的に言えばそうだ。おまえにはそういう風に想う相手がいるか？」

陽之介は肩を竦めた。

「残念ながら」

「俺はいるぜ。諦めようとしたこともあったが、もう迷いはねえ。あいつを手に入れるためにはどんな労も惜しまないつもりだ」

「あ、両思いじゃないんだ」

「……っ」

急にカフェの中の空気が重さを増した。躯を押さえつけられるような錯覚さえ覚え、陽之介はさっと視線を逸らす。

目の前のセレブは変わらず笑みを浮かべていた。

「三年前、色々あってな。あいつは姿を暗ませちまった。この間ようやく再会できたんだが、なぜか人間の男のにおいを纏っていやがってよ」

「にんげんの、おとこ……？」

セレブの言い方に、家に居候していたレモンという男のことが否応なく頭に浮かぶ。レモンもよくこういう言い方をした。そして先日、姿を暗まし帰ってこないあのシングルファザーは、三年前に魔王になった恋人のもとから姿を暗ましたものの連れ戻されそうだと言っていた。

まさかと思い周囲を見回すと、さっきまで歓談したりスマホを覗いたりしていた客たちは悉《ことごと》くテーブルに突っ伏し、あるいは床にくずおれ寝入っていた。カウンターの中にいるはずの店員の姿もない。唯一入り口近くに立っていた燕尾服の男が、視線に気がついたかのように振り向く。綺麗に撫でつけられたグレイヘアの下にあったのは、干からびた皮が部分的に残った頭蓋骨だ。

陽之介は確信する。

「あんた、魔王だな?」

そしてセレブの言う運命の人とは、レモンだ。

セレブはにっこりと笑った。

「よくわかったな、陽之介。さて、俺は鼻が利く方なんだがよ、それを差し引いてもレモンについていたにおいは強かった。どうしてああも強い移り香がついたのか、教えてくれねえか?」

取り繕うのを止めた途端、急激に強まった圧に、陽之介は狼狽《ろうばい》した。

「待て待て待て、あんた、レモンが僕と——とか思ってんのか!? 誤解だ!」

「ほー？」

眠る人々の下に落ちる影がむくりと膨らみ、痩せた子供のようなものが身をよじるようにして這い出てくる。こめかみから捻れた角を二本生やした子供は脱色したかのように色の抜けた眼球で陽之介を捉えると、にいと嗤《わら》った。

震え上がった陽之介はつっかえつっかえ言葉を継ぐ。

「においが移ったのはっ、多分、僕のベッドで寝ていたせいで――」

「おまえのベッドで？　俺のレモンが？　寝たのか？」

二匹の人外の者が両側から陽之介の腕を掴む。痩せた子供に気を取られている間に陽之介へと忍び寄った二体は、矮小《わいしょう》な下半身にズボンこそ纏っていたものの、上半身は剛毛に覆われた山羊《やぎ》そのものだった。

「あっ、あいつが僕のベッドに潜り込んできたのは、暖を取るためで」

魔王が手を打った。

「ああ！　凍えた人間をあたためるには人膚が一番だと言うからな」

「違ーう！　服は脱いでない！」

陽之介が思わず突っ込みを入れると、魔王はテーブルの上で両手を合わせた。

「そうでなければ、なぜ一年半もあれと一緒にいやがったんだ？　借金を取り消してもらったり、都合の悪い連中を始末してもらったりしているのに、魂を奪われてもいいねえ」

「魂……？」

「契約について聞いてもいないのか。女たちにはきちんと支払わせていたというのに。やはりおまえは特別なのかよ……」

ヴィクターが手を横にスライドさせる。すると十センチほどの光の玉が生じた。放電しているのか、絶え間なく表面で青白い光が弾けている。

命の危険を覚えた陽之介は両脇を固める人外の者を振り解こうとした。

「ちょっ、マジで僕、レモンとはヤってないって！」

「証明できるか？」

無茶な要求に陽之介は言葉を失う。

ヴィクターは溜息をついた。

「証明って……」

「それじゃあ仕方ねえ。残念ながら魔王である俺にもセックスをしたかしていないか見分ける術はねえんだ。人間の頭の中って奴は、現実と妄想がごっちゃになってやがるからな。疑わしきは殺すことにする。ちっとは気も晴れるしな」

「はあ!?　ちょっ、冗談じゃない！　放せ！」

思い切り蹄《ひづめ》を蹴りつけると、人外の者の腕が緩んだ。片腕が自由になったものの逃げるにはもう一方の腕も取り返さねばならない。どうするつもりかと眺める魔王の目前で、陽之介は手に貼ってあった絆創膏を引っ剥がした。ついでに歯を使ってかさぶたも剥き、ポケットに手を突っ込む。

「レモン！」

昼間だというのにどこか薄暗かったカフェに風が起こった。椅子やテーブルが薙《な》ぎ倒され、痩せた子供のような人外が悲鳴を上げて逃げ惑う。

「だから、魔王がいる時に使うなって言っただろうが！」

低いどすの利いた声に視線が集まった。

レモンがフロアの中央にいた。右足にリトをしがみつかせ、左足にはラヴァを従えて。

レモンは血塗れだった。

楽しげな笑みがヴィクターの顔から消える。

「レモン!?　一体何があったんだ！」

へたっと座り込んだリトが大声で泣き始めた。

「うっ、うえ……っ、うええええ……っ」

「……うるせえ。その殺気を消せ。リトが脅えるじゃねえか」

「ぐっ……す、すまん。あー、話は後でいい。とりあえず。じっとしていろ。今、魔力を分け与えてやる」

「いらない。やめ……っ」

大股に近づいてきたヴィクターに腕を掴まれたレモンの躯から力が抜ける。いきなり流し込まれた膨大な魔力を呑み込めず、意識が飛びそうになったのだ。

「や……やめろっつってんだろ!」

ヴィクターの腕から逃れるため、内側から外側へとぎこちなく薙いだ腕が横っ面に当たる。無様な一撃に大した力はなかったが不意を討たれ、ヴィクターはよろめき尻餅を突いた。

「はあ……っ、はあ……っ」

膝に手を突いて躯を支えるレモンの躯のあちこちから蒸気のようなものが立ち上る。傷が急速に治りつつあるのだ。

「殴ることねえだろうが」

カフェの床に座りこんだまま眉尻を下げるヴィクターに、レモンは吐き捨てる。

「あんたが悪いんだろうが。あんたが、あんなのと……」

言葉が最後まで紡がれることなく絶える。きつく唇を噛み締めレモンはヴィクターを睨みつけた。

ヴィクターが心配そうに眉根を寄せ、胡座を掻く。

「何があったんだ、レモン。言ってみろ。な?」

——この男といると、自分が酷く醜く弱い存在のように感じられる。くだらないことばかり気にする馬鹿に。気がつけばこの男に支えられていることも多くて、レモンはこの男がいなければ立てなくなってしまうんじゃないかという恐れにすら囚われていた。いやもうそうなっているのかもしれないとも。

そんなことはないのだと証明するためにレモンはこの三年間、人間界で一人で踏ん張ってきた。子供まで作ってヴィクターなどいなくても平気なのだと胸を張れるようになっていたはずなのに。

「あんたこそ、こんなところで何をやっている」

みっともなく震えそうになる声を腹に力を入れて制御する。冷ややかに店内を見渡せば、陽之介がここぞとばかりに情けない声を上げた。

「レモン、助けてくれえ」

「何って、レモンがこいつと寝たって聞いたからよ」

唇を尖らせたヴィクターの顔は拗ねた幼な子のようだ。

レモンは溜息をついた。

「寝てないぞ」

ヴィクターが弾かれたように顔を上げる。

「そうなのか!?　庇おうとして嘘をついてるわけじゃ」

「こいつは俺が飢えて行き倒れそうになっているところを助けてくれたんだ」

リトが生まれて、女が死んで。魂は手に入ったものの、レモンは路頭に迷ってしまった。それまで女をひっかけるなんて息をするより簡単だったのに、子連れになった途端うまくいかなくなってしまったのだ。赤ん坊の世話の仕方もよくわからない。雨露を凌ぐため、たまたまたわわな藤の花房の下へと身を寄せたら、そこが陽之介の家だった。

「陽之介は赤ん坊の世話の仕方も教えてくれたし、必要な時はリトを預かってくれた。家も拠点として提供してくれている」

「許可したわけじゃないけどな」

陽之介がのんびりと合いの手を入れる。

「その対価として阿呆な詐欺にひっかかって失った金を取り返してやったり、借金の片をつけたりしてやったが、それだけだ。信じられないなら好きにしろ」

「えっ、何でだよ、レモン！」

「何が何でも助けたいというほどの執着を持っているわけではない、ということか。まあ、いいだろう」

ヴィクターが指を鳴らすと、陽之介の両脇を固めていた化け物たちが手を離した。汚いものでもついているかのように触れられていた場所をごしごし擦りながら陽之介はレモンの背後へと逃げ込む。

「はあー、助かった！　リトー、久しぶりだなー。元気だったかー？」

ヴィクターはもう陽之介のことなど一顧だにしなかった。

「レモン、ひとまず城に帰るぞ。血を拭って傷の具合を見て、それから何があったのか話せ。おまえにこんなことした奴に報いを受けさせてやらねえとな」

「城に帰るつもりはない」

レモンはのろのろと頬の血を拭う。

「何？」

「もうあんたとは一緒にいたくないんだ」

寝たのだろうとは思っていたが、あの女悪魔が本当にヴィクターに抱かれたのだと知った途端、頭が爆発しそうになった。

今思えば、ヴィクターと同じ部屋でヤると異様に興奮したのも同じだったのかもしれない。俺はこの男が嫌いなのに、他の奴に取られるのが我慢ならないのだ。

——意味がわかんねえ。

「何でそういうことを言い出すんだ。浮気を疑ったせいで拗ねてんのか？」

何と思われてもいい。ただ、あんな気分を二度と味わいたくない。

ヴィクターと離れていさえすれば、厭なことなんて何一つなくなる。

「最初から何度となく言ってきただろう？　ヤりたくないと」

「そんなの口だけだろ。わかってんだぜ？　おまえが本心では俺に抱かれたくてしょーがねえってことくらい」

自信満々に断言したヴィクターに、レモンより陽之介が引いた。

「うわ」

いつの間にかやってきたデュラハンも顔を引き攣らせている。

「ま、魔王さま、それは……！」

レモンは拳を握り締めた。もう一発、今度は全魔力を注ぎ込んで殴ってやろうと思ったのだ。だがヴィクターはがりがりと頭を掻くと項垂《うなだ》れた。

「でもよ、おまえ以上に俺の方がおまえを必要としてんだ。だから頼む、帰ってきてくれ。二度とおまえ以外と寝ない。これまでのことも謝るから」

この男は口ばっかりだ。今は調子のいいことを言ってもどうせまたレモンの意思など無視して好き勝手するようになるに決まっている。わかっているのに縋るような目で見つめられたら、きゅんと胸が疼いた。

馬鹿か、俺は。

レモンは立ち上がって抱き締めようとするヴィクターから目を逸らす。

「やめろ。俺に魔眼を使うな」

「魔眼？　なぜここで魔眼を持ち出す？　そんなものをおまえに使ったことなどねえぞ？」

心底不思議そうに装うヴィクターの演技の、なんと白々しいことだろう。レモンは眉を上げ笑ってやった。

「嘘をつけ。でなきゃ誰があんな……」

「あんな、何だ？　まさかおまえ、今までも俺が魔眼を使ったと思ってたのか？」

むっとして睨みつけると、ヴィクターが一人で納得し始めた。

「あー、何か変だと思ってたが、そーゆーわけだったのか。なるほどなー、ふはっ」

かっと頭に血が上る。

「何笑ってんだ！」

ヴィクターは幼な子に言い聞かせるようにゆっくりと言った。

「レモン、俺は魔眼なんかおまえには一度も使ってねえ」

「嘘をつくな」

「嘘じゃねえよ。大事に思ってる奴にそんなもん使ったら、後々こじれるのが目に見えてるじゃねえか」

一瞬心が揺らいだが持ち直す。

「別に、俺なんか」

「大事に思われてるわけないとか言うなよ？　俺が傍にいるのを許したのはおまえだけなんだからな」

確かにレモン以外の悪魔に対するヴィクターの態度は冷淡だった。人間界に連れて行ったのだってレモンが知る限り自分だけだ。だが、魔眼を使っていないわけがない。

「じゃあ無意識に発動させてんだ」

「おまえなあ、簡単に見えるかもしれねえが、アレって結構魔力を消費すんだぞ？　無意識になんか使えるかよ」

「……っ」

レモンは眉間に皺を寄せ考え込んだ。なんとかヴィクターを言い負かしたいが何も思いつかない。

「……何と言おうが信じねえ」

話し合いを放棄すると、ヴィクターが仕方ねえなあとばかりに上から目線で笑った。

「まあ？　魔眼のせいでなく俺自身にメロメロになってたなんて認めたくないのはわかるけどよ？」

「そんなんじゃねえ。そもそも俺はおまえにメロメロになんて」

ふざけんな。

「なっていただろーが。何なら確かめてみっか？」

リトを抱き上げ椅子に座った陽之介が半眼になっている。先刻まで息を呑んで聞き入っていたデュラハンが、小声で配下の悪魔たちに撤収の指示を出し始めた。

「どうやって」

「目さえ直視しなければ魔眼は効かねえ。目隠ししてヤれば、魔眼なしでどれだけ俺に気持ちよーくされちまってたのかわかる」

「ヤる、だと？　そんなの――」

ヴィクターが顎に浮いた無精髭を掌で擦る。

「厭か。まあ、仕方ねえ。ヤっちまったら証明されちゃうもんなあ。おまえは毎回純粋に俺の手管のせいでトロトロになっちまってたんだって――」

聞き捨てならない言い草にレモンは声を張り上げた。

「俺はトロトロになんかなってないし、おまえの手管なんか、大したことない」

「なら問題ないだろ？　実験してみようぜ？　――デュラハン、ガキどもを頼んだぞ」

ヴィクターのごつい手が、がしっとレモンの両手を掴んだ。

「お待ちください、魔王さ――」

デュラハンの声が途中で消え、視界が揺らぐ。

待てと言う暇もなかった。瞬き一つした後、レモンはどさりとヴィクターのベッドに落下していた。スプリングの上で躯が弾む。

「善は急げだ」

「ヴィク……っ」

「おっと振り向くなよ、レモン。後でこっそり魔眼を使ったなんていちゃもんつけられたくねえからな。そのままこれをつけな」

……なんですぐこういうものが出てくるのだろう。

幅広の黒い布で縫われた鉢巻きのような目隠しが渡される。

「俺が目隠しすんのかよ」

「その方がズルしようがなくていいだろう?」

レモンはうーんと唸る。筋は通っているような気がする。だが、うまいこと掌で転がされているような気もした。なんでセックスしたくないと言っているのに、することになっているんだろう。

だが、実証してみせなければヴィクターは信じない。最後のセックスだと思ってマグロになっていればいい。

レモンは布を目に当て、後ろで縛った。伸縮性のある布はぴったり顔の稜線にフィットし、視界が闇に覆われる。鼻の半ばから額まで覆われてしまうので、うっかり魔眼を見てしまうことはなさそうだ。

「じっとしていろ。服を脱がせてやる」

血塗れになったパーカが引っ張られ腕から抜かれる。Tシャツがたくしあげられるのを感じレモンは顔を背けた。

ヴィクターの触り方が案外丁寧なせいで変に緊張する。

そうしている間にも胸元の風通しがやたらとよくなっていき——あたたかいものが膚に直接触れた。

あ。

レモンは小さく喘ぐ。

これは、ヴィクターの唇だ。ヴィクターが脱がす端からキスしている。膚をくすぐっているのは、ヴィクターのカールした前髪だ。

レモンは手探りで、ヴィクターの頭を押し退けようとした。だが、逆に手首を掴まれ、掌にキスされた。ただ唇を押し当てるだけでは足りず、ちろりと舌で舐められる。

おかしい。ドキドキする……？

目はしっかり塞がれていてヴィクターの魔眼は見ずに済んでいる。だから、何も感じないはずなのに。

Tシャツが頭から抜かれる。上半身が裸になると、躯がゆっくりとシーツの上に倒された。まるで宝物を扱うかのように大切そうに、快感以外与えないよう丁寧に、指が。

——！

にゅぐりとぬめりを纏った指で探られる感触を思い出してしまい、レモンは唇を噛んだ。

何だ、これは。

躯の奥がじくじくと熱く疼いている。これはヴィクターに魔眼を使われたサインではなかったのだろうか。

「はは、可愛いなあ。ちょっとキスしてやっただけで真っ赤に充血して。食べちまいたいぜ」

ヴィクターが熱っぽく囁く。一体何について話しているのだろうと思ったら、ペニスが熱く濡れたものに包まれた。

「ヴィク、タ……っ」

レモンは喚き散らしたくなった。

そんなモノが可愛いわけあるか！

「ん」

腹立たしいが、ヴィクターの愛撫はいつもと同じくらい気持ちいい。

「あ……く……っ」

張りつめた薄い皮膚の上を這い回るヴィクターの舌使いがはっきりと感じられる。視界が閉ざされているせいか、感覚がいつもより鋭い。

レモンはとっさに身をよじり、蕩けるような快楽に抗おうとした。

「気持ちいいなあ、レモン」

見えない手が下肢を割り開く。さらけ出されたアヌスはひくつき始めていた。物欲しげな様子を揶揄されるかとレモンは身構えたがヴィクターは何も言わず、ぬるつく液体をたっぷり垂らす。

「あ……」

ぐっと指を突き入れられ、間の抜けた声が漏れた。

「あ、ああ……」

クる。

ぬるみを足しつつ一旦つけ根まで呑ませてから、中をマッサージするように慣らされ、レモンはたまらずシーツに爪を立てた。腰をしゃくりあげるようにして揺らしてしまう。

「魔眼なんか使ってねえのに、こんなに感じて」

ヴィクターの空いている方の手がレモンの躯をまさぐる。乱れた前髪を掻き上げ、唇をなぞって、首筋を伝い胸の先をきゅうっとつねり上げて。

「ヴィク、タ……！」

もどかしさにレモンはヴィクターの手を捕まえ性器に押し当てた。

「何だ。もっとして欲しいのか？」

頬がくすぐったい。ヴィクターが身を屈めたので髪が当たっているのだと気づいたレモンは、反射的に顔を仰向ける。

「いい子だ」

甘い口づけ。ねっとりとレモンの口の中を愛撫している間も、ヴィクターの指はレモンのもっとも感じる場所の上で蠢《うごめ》き続けていて。

「あ、あ……ヴィク」

蕩けてしまう。躯が。心も。ヴィクターが与えてくれる快楽だけを求めて。

「そろそろわかったんじゃないか？　魔眼など使われていなかったと」

レモンは唇を引き結んだ。そんなのまだわからない。それにもしそうだとしたら、レモンは馬鹿みたいな誤解をしていたことになる。

返事をしないレモンの足首をヴィクターが掴む。

「わからないいなら仕方がない、ハメてみるか」

膝が割られ、腰の下に枕が押し込まれた。まるで差し出すかのように高々と掲げられたレモンの足の間に、ヴィクターが腰を進める。

「あああああ……っ！」

熱い肉杭に貫かれると、途方もない悦びが押し寄せてきてレモンはわななないた。ヴィクターは熱かった。ヴィクターが動くとさざ波にも似た甘い痺れが生じ、レモンを頂へと押し上げてゆく。

こんなの、おかしい。

膚が汗ばみ、息が上がった。

何でいつもと同じように気持ちいいんだ？　いや、いつもよりもずっといい。

歯を食いしばって嬌声を堪える。だがもう誤魔化しは利かなかった。

ヴィクターは魔眼を使っていない。ということはレモンがあんなに感じよがったのは、単純にヴィクターの手管によるものだったのだ。

キルシュという悪魔のことを思い出す。

『施設』で育った彼は、ヴィクターとは逆の意味で目立つ存在で、ゴシップにはあまり興味がないレモンの耳にまで発展ぶりが届くほどだった。

——よう。おまえもキルシュとヤったんだって？

——ああ。あいつ、滅茶苦茶感度よくて可愛いな。挿れただけでビクビクってイっちまうんだぜ。

——おまえの時もそうなったか！　ああも感じられると、愛《め》で甲斐があるよな。気を入れて可愛がりたくなるし、何だってしてやりたくなる……。

キルシュは小さくて愛らしかったが、悪魔としての能力は低かった。だからだろう。有望な悪魔との繋がりを作ることによって卒業後の生活を確固たるものにしようとしていた。

何とも悪魔らしいしたたかさだ。

人間界であれば眉を顰められるのだろうが、魔界的には全然アリだ。だが、自分がヴィクターの目にあんな風に映っていたのかと思うと、ぶわっと体温が上がった。

鼻にかかった声が止めどもなくこぼれる。与えられる快楽に今まで以上に翻弄され、幾度となくヴィクターを締めつけつつ放ち……嵐のようなコトが終わると、レモンは目隠しを毟り枕に顔を埋めた。ヴィクターが髪を梳くようにして頭を撫でる。

「わかったろう、レモン。魔眼など使っていなかったって」

レモンはふてくされ、ヴィクターの手を払いのけようとした。だが、容易く手を掴まれ、甲にキスされてしまう。

唇が触れた瞬間広がった甘やかな感触に、涙が出そうになった。

「馬鹿みたいだと思ってるんだろ」

クールに振る舞おうと思ってたのに、声が上擦ってゆく。

「変な勘違いしていた俺のこと……！」

ベッドが軋んだ。ほとんど涙声になってしまったところで、ヴィクターに、背中から抱き込まれる。

「そんな風に思うわけねえだろ。滅茶苦茶可愛いとは思うがな。つか俺は割といつもおまえのことそう思っているな」

はははとヴィクターが笑ったが厭な感じはしなかった。

「魔眼のせいでないってことは納得できたんだな？」

「……」

もし魔眼のせいでなかったのなら、自分はなぜこうも感じてしまうのだろう。この男が巧いから？　それとも自分もこの男のことが好き――……？

ぎゅうっと心臓が締めつけられるように痛み、レモンは枕に爪を立てた。

――そんなことあるわけない。

「俺を好きだってことも、納得できたか？」

レモンは拳で目元を拭い、つんと冷たい声を発した。

「それは別の問題だよな」

「そんなことないだろ!?　好きな相手とヤるのは、その他大勢とヤるのの何倍も気持ちい
い。おまえがいなくなってから色々試してみたが、誰もおまえほどの喜悦も充足感も与え
ちゃくれなかった」

「そんなこと言われても、抱く快楽と抱かれる快楽は違うんだ、比較しようがない。俺が
抱かれたことがあるのはあんただけだから……あ、俺も他の野郎にヤられればわかんのか
……？」

とてもいい実験方法を見つけたと思ったのに、ヴィクターは顔色を変え、がくがくとレ
モンの肩を揺すぶり始めた。

「駄目だ！　絶対に駄目だ、やめろ！」

「だが、他にあんたの言うことを検証する方法なんかないだろうが。別にいいだろ？　俺
が消えてからの三年間にあんた、何人とヤったんだっけ？　まあ、俺も契約相手と寝たが、

あんたと違って仕事だし、多少は好き勝手する権利が……」

ヴィクターがベッドから飛び下り、レモンの正面に膝を突く。

「頼むから、俺以外の男とはヤらないでくれ。この通りだ！」

頭を床に擦りつけるようにして懇願され、レモンは呆気に取られた。

魔王ともあろう者が、何という理由で土下座しているのだろう。そんなにレモンが他の奴に抱かれるのが厭なのだろうか。本当にレモンのことが好き、なのだろうか。

悪魔にはそんな感情ない、はずなのに。

レモンは持ち上げていた頭をぽふんとシーツの上に落とした。なぜだか胸がぽっぽと熱くなる。

「やらないでいてくれるか？」

「……さあな」

「レモン～っ」

顔まで熱を持ち始めたのでレモンは枕を引き寄せ顔を埋めた。

＋　＋　＋

立てつけの悪い戸を開けると、所在なさげに猫を撫でていたデュラハンが背筋を伸ばした。この家にはよく野良猫が入ってくる。

「魔王さま、お待ちしておりました」

居間の炬燵には陽之介が収まっている。その両脇には幼な子二人がちょこんと座り、陽之介が皮を剥いた蜜柑《みかん》を口の中に入れてくれるのを大人しく待っていた。

「おー、ようやくお迎えが来たか。ちゃんと仲直りしたかあ？」

「微妙だな。つかこれはどういう状況だ」

リトとラヴァはともかく、デュラハンは人間には見えない。家に上がらせるなんて頭がおかしい。

「そのおっさんには手が一本しかないんだぜ？　まだろくに歩けない幼な子を二人も任せられて困っていたからさ。俺もリトを放って帰りたくはなかったし」

蜜柑を剥き終わったのを見て幼な子二人があーと口を開ける。

「あれっ、今度はどっちにあげる番だったっけ」

「デュラハンもよく陽之介についてく気になったな」

常識人だったらしいデュラハンの額には汗が浮いていた。

「人間界での任務の経験が少なく魔界へ繋がるゲートを探すのもままならず、迷ったのですがオムツもミルクも予備があるとの話だったので。リトさまも懐いている様子でしたし」

「どれくらい盛り上がっているかわかんないけど、帰ってないのに気づいたら迎えに来るだろうと思ってさ」

陽之介の読みの正確さにちょっといらっとする。

先に靴を脱いで上がり込むと、レモンは魔王を冷たく見下した。

「ヴィクター、ゲートの位置もわかってない人員に子供たちを任せるなんて、無責任すぎないか？」

「デュラハンは魔王城一の子守の名手だぞ？　現にこうしてうまくいってたじゃねえか。なあ、ラヴァ？　問題なんかなかったよなー？」

口をもぐもぐさせていたラヴァがぷいっと横を向いた。

「ラヴァ？」

剥き終わった蜜柑の皮をまとめた陽之介が立ち上がる。

「あー、こいつら、俺たちんとこ来る前に襲われたらしいぜ。あんたと寝たことのある女悪魔に」

「陽之介、何を言っている」

レモンが慌てて制止しようとするももう遅い。ストールを首から抜こうとしていたヴィクターの表情が険しくなった。

「何だと?」

「しかも、将を射んと欲すれば先ず馬をっつーの? 子供好きを装ってあんたに取り入ったものの、ラヴァを丸め込むのに失敗してえげつねえやり方で躾ようとしたことのある女だったらしい。まあ、レモンがボコボコにしたらしいけど」

「レモン……!」

脱いだコートとストールを廊下に投げ出し抱擁しようとするヴィクターをレモンは手を振って追い払う。

「来んな、暑苦しい! それより陽之介、今の話、誰に聞いた」

「誰って? この子たちに」

「リトにもラヴァにもまだそんな難しいお喋りはできない」

「おおういうおあー」

「はいはい、蜜柑な。あーん」

陽之介が蜜柑を差し出すとリトがあーんと口を開けた。お喋りしているように見えるがそんなわけはない。

「いいあうおうあー」

「リトが言ってるぞー。ここんとこラヴァパパとばかり寝てリトと寝てくれないの、ずるいって」

レモンはヴィクターと顔を見合わせた。本当に陽之介は赤ちゃん語を解しているのか？

「そういやヴィクター、陽之介に言うことがあったな」

「えっ？　何？　恐いことじゃないよな？」

ヴィクターが戸惑う陽之介の斜め後ろに膝を突いた。小さく頭まで下げ、神妙に言う。

「その……殺そうとして悪かったな」

魔王城の悪魔ならばとんでもないと恐れ入るところだが、陽之介ははっと笑った。

「誠意は形でよろしく」

そう言われるのはわかっていたとばかりに、ヴィクターが持参した紙袋を押し出す。高級感のあるつやつやとした表面に印刷されたブランドマークに、陽之介がしゃっくりのような声を上げた。おずおずと箱を開けると、長財布が出てくる。

「うっそこれ、十万どころじゃないよな……？」

「メンズって黒ばっかりだから、黄色探すの苦労したんだぜ？　この色の財布を持つと、金運がアップするんだろ？」

「風水を気にする悪魔……」

「ん？」

長い前髪をさらりと揺らし首を傾げたレモンに、陽之介は包みを押しいただいた。

「いや、さんきゅ。今使ってるのもうくたびれてたから助かるぜ。ところで、デュラハンさんが費用は持つって言うから、今夜すき焼きにするつもりで材料買ってあるんだ。食ってく？」

「おう」

陽之介の家で居候するようになってからレモンは鍋料理が大好きになった。準備は簡単、まず失敗せずおいしくできるところもいい。皆でつつくのも愉しいし、肉の争奪戦はスリリングだ。鍋をするなら当然ついてくるビールもいい。

余ったら懐に入れるつもりだったのだろう。冷蔵庫を開けると具材が大量にあった。幼な子たちをヴィクターとデュラハンに任せて、レモンは陽之介と台所に立つ。

榎《えのき》に春菊、焼き豆腐に長ネギ。主役はたっぷりの牛肉だ。生卵とすき焼きのタレもぬかりなく揃っている。

炬燵の上にコンロを出し、用意が調うと、レモンたちはビールを開けた。

「魔王サマって施設でレモンと一緒だったんだろ？　レモンって子供時代、どんなだったんだ？」

肉を次々とさらいつつ陽之介が尋ねる。ヴィクターがグラスを置き、口元についた泡を拭った。

「出会った頃のレモンは、まさに天使だったぜ」

レモンはビールを噴きそうになった。陽之介が目を輝かせる。

「悪魔なのに、天使」

「白い膚に艶やかな黒髪が何とも映えてな。男の子というものは、格好をつけたがる生き物だろう？　ちっちゃくて愛らしいのが一生懸命粋がっているのがまたたまらなくてよ」

「誰のこと話してんだ。やめろ」

レモンは引いた。

知らなかった。こいつ、そんな目で俺を見ていたのか。

酒が入ったこともあり、面白がった陽之介が先を促す。

「レモンを好きになったのはあ、いつごろー？」

「いつだろう。最初は可愛いからいつでも眺めていられる場所に置いておきたいと思ったんだよなぁ。でもなかなか気を許してくれなくてよ、心が折れそうになった。でも、気がつけば俺にだけパーソナルスペースに踏み込むことを許してくれていて……そのことに気がついた瞬間かも」

別にヴィクターにだけパーソナルスペースに踏み込むことを許した覚えはない。

半眼でヴィクターを眺めていると、陽之介がレモンのグラスにビールを空け、新しい缶を開封した。

「ぶはっ。可愛いってゆーよりカッコイイ感じに育っちゃったけど、その辺は魔王としてはどーなの？」

ヴィクターがいやらしく笑う。そんな顔まで格好良くて、腹が立つ。

「可愛いところも健在だからな。問題ないどころか二倍おいしい。それに子供の頃とは違って夜も――」

「その話、それ以上続ける気なら、俺はまた姿を消すぞ」

思い切りドスを利かせて宣言すると、滔々《とうとう》と語ろうとしていたヴィクターの舌が固まった。陽之介がすかさず話題を変える。

「じゃあ次ー。魔王さまはどんなだったんだー、レモン」

レモンはぐびりとビールを飲み、箸でヴィクターを指す。

「今と同じだ。自信過剰で鼻持ちならない」

ヴィクターはレモンのコメントにショックを受けたようだった。

「俺は鼻持ちならなかったのか……?」

レモンが今度は自分の番だとばかりに、ビールで喉を潤しながらまくし立てる。

「ああ。こいつはな、普通なら生まれてすぐ連れてこられる『施設』に、十歳になってから入ってきたんだ。最初から特別扱いされてたってわけだな。まあ、仕方がない。この魔力だからな。皆がちやほやしたが、つんとお高く止まっていて、誰とも仲良くなろうとしなかった」

ヴィクターがふんと鼻を鳴らす。

「何も知らずに上辺だけ見て群がってくる連中が腹立たしかっただけだ」

「何も知らないって、何がだあ？」

陽之介が脳天気に聞く。ヴィクターは苦いものでも口にしたかのように眉根を寄せ、グラスを置いた。

「皆俺が十歳まで親元にいたと誤解しているが、違うぜ。俺は皆と同じで最初からずっとあそこにいたんだ。ラヴァと同じで生まれた時から魔力が強く、危険だからと一人だけ別に閉じこめられていただけで、な」

「え？　一人だけ隔離されてたってこと？」

陽之介の言葉に鍋をつつく手が止まる。どういうことだ？　隔離？　最初からあそこにいた？　一人だけ別に閉じ込められていたって……酷くないか!?

静まりかえった魔王城の奥、癇癪を起していたラヴァの姿が脳裏に蘇る。

ヴィクターもあんな風に暴れて、あんな風に忌避《きひ》されていたっていうのか？　生まれた時からずっと？

「……そんな話、初めて聞いた……」

呆然としているレモンと違って、ヴィクターは落ち着いていた。何でもないことのように——だがほんの少しだけ怒りを込めて、話を続ける。

「言うわけねーだろ。かっこ悪い。大人だというだけで大した能力もない連中に好き勝手されていたなんて屈辱だぜ。そんなわけだからレモン、おまえがラヴァに道理を言い聞かせてくれたことに俺はとても感謝してるんだ。俺は十歳まで自制できなかったからな」

「……！」

レモンは床に手を突き、炬燵の中から足を引っこ抜いた。酔いのせいでやけに重く感じられる躯を引きずるようにして炬燵を回り込み、ぎゅうっとヴィクターを抱き締める。

「おお!?」

陽之介が囃し立てるような声を上げたが、気にしない。

ヴィクターがレモンの背を抱き返し、髪にキスをする。

「なんだ。もう酔っちまったのか？」

胸がいっぱいで何も言えない。レモンは何も知らなかった。恵まれているように見えるこの男がずっと閉じ込められていたということを。

この時まで痛みを己一人の胸に隠していたということを。

あたたかくも切ない感情が胸を満たす。

——二度とこの男にそんな孤独を、恥辱を、味わわせたくない。

この気持ちの名前を知っているような気がしたが、レモンはそれ以上追及しなかった。

わかってしまったら、色んなものが崩れてしまうような気がしたのだ。

＋　＋　＋

　酔っぱらって寝てしまったレモンにコートを掛けてやり、陽之介は新しいビールを開けた。ヴィクターが差し出したグラスに、たっぷりと注いでやる。途中から首も腕も真っ赤に上気させていたレモンと異なり、ヴィクターは平然としている。

「二人きりになったところでさ」

　にこりと眼鏡の奥の瞳を笑ませると、陽之介は声を潜めた。

「何でレモンとあんた、ああもこじれたんだ？　俺から見ればいい感じにしか見えないのにさ。マガン？　とやらを使われてたって勘違いしてたみたいだけど、それって結構無理あるよなあ？」

　傍らで眠るレモンをヴィクターが見下ろす。

「悪魔ってのは己の欲望に忠実で残忍な生き物だってことになっている。実際には人間と同じように色んな奴がいんのに、悪賢くて強い奴ばかりが評価されんだ。優しい奴は怯懦《きょうだ》だと嘲笑われるし、他人に気配りなんかしてたら踏《ふ》み躙《にじ》られる。まあ、昔はそういう傾向があるってだけで、個々の悪魔は割と自由に生きてたんだが、先代の魔王が『施設』を作った」

金色の瞳に苦い色が浮かぶ。

「おそらく、人間界のどっかの教育制度を手本にしたんだろう。悪魔が生まれたらすぐ親元から取り上げて、画一的な教育——調教を施すんだ。おかげで最近の悪魔は強い奴を礼《らい》賛《さん》し、『己の欲望に忠実で残忍』でない奴の存在を許さない。枠から外れていると思った奴にはとことん残酷に振る舞う……」

これは自分がした質問と関係があるのだろうか？　陽之介は眉を顰めた。

「……僕、はぐらかされている？」

「いいや。レモンにとって問題だったのは、親たちの多くは魔王に命じられるまま子を差し出すが、中には手元で育てたいと逆らう者もいたってことだ。もしおまえが、躊躇いなく手放された子で、愛情深い親に愛おしまれ育っている個体もいるのだと知ったら、どう感じる？」

ヴィクターの手が静かにレモンの髪を梳く。黒い髪はさらさらと指の間を流れ、白い頬を覆った。

眠っている時のレモンには苛烈さもなく皮肉げなところもなく、ただただ美しい。

陽之介が小さな溜息をつく。

「それは、傷つくかも」

「悪魔には情などないと思いたいんだ、『施設』で育った子はな」

そうでなければ、あんまり自分が哀れだから。

悪魔たちはますます情に薄く、淋しい存在となってゆく。

「レモンは歪だ。そういった感情の存在を頑なに否定しようとする一方で愛に飢え、求めている。周囲もすべてそうだから矯正も難しい。もっとも、今日の諸々で自覚が進みそうな気がするがな」

「あんたは？　何で同じように育ったのに、理解できてるんだ？」

「十歳まで独房に閉じ込められていたせいで完全に悪魔不信に陥っていた上、奴らの押しつける悪魔像に端から懐疑的だったからじゃねえか？」

翳されたヴィクターの手の上で炎がゆらゆら揺れる。ヴィクターの魔力の具現だ。

「皆が賛美する魔力は、俺にとって呪うべきものだった。この魔力のせいでまともな扱いをしてもらえなかったんだからな。俺に取り入ろうとする連中の中、塩対応のレモンだけは普通に感じられて……心地よかった」

再びレモンを見下ろしたヴィクターの目が蜂蜜のように甘く蕩けた。

「あ、のろけは結構です」

「俺への気持ちを認められず魔眼のせいにするなんて、可愛いじゃねえか。どんなに大事にしてやろうとしても甘えてくれねえあたりも、淋しいがこいつの愛すべきところの一つだ」

「つまり魔王サマはレモンが好きで好きでたまらないってことデスヨネー」

「ああ。だからな。レモンに手を出したら、文字通り八つ裂きにするぞ?」

「……そんな心配、不要デス……」

陽之介が厭そうに顔を歪めた。

炬燵でうとうとしていたラヴァがむにゃむにゃと寝言を言い、すっかり寝入ったリトにぴったり身を寄せた。魔王城では精彩を欠いていた頰は薔薇色で、とても幸せそうだ。

すきやきは美味だし、ビールは最高、愛しいハニーは手中に収まった。

魔王になって以来の充足感に、ヴィクターは酔う。

「魔界に帰ったら大忙しだ。まずゴールドバーグを締め上げげねえとな。それからラヴァを虐め、レモンに怪我させた奴を見つけだす」

「そういや、魔王って悪いことばっかするから災厄って言われてんだよな? あんたも疫病流行《はや》らせたりする予定、あんのか?」

「いいや。ビールもベビー用品もブランドものの諸々も手に入らなくなったら困るからな。そもそも俺はレモンにちょっかい出す奴を懲らしめるのに大忙しで、そこまで手が回んねえよ!」

そう言うと魔王は朗らかに笑い、ぐびりとビールを飲んだ。

235　子連れ魔王の初恋成就

■あとがき■

こんにちは、成瀬かのです。

今回は俺さま魔王さまのいびつな恋物語です。視点はほぼ魔王さまに熱愛される側ですが。

今回は編集さまからの「子連れ同士の再会ものどうですか？（要約）」というご提案から始まりました。楽しそうだなと思って、やりましょう！　とお返事したのですが、まさか四稿まで苦闘することになろうとは思いませんでした。

挿絵は亜樹良のりかず先生に描いていただきました。

素敵なイラストありがとうございます！

亜樹良のりかず先生といえば美麗なイメージですが、デザインぽいお洒落でポップな方の絵柄も好きなのでそっち路線で描いていただけるように可愛いお話にしたいと当初は思っていたのですが……あれ？　このお話、可愛い……のかな……お洒落って何だろう……んんん？　と途中から色々見失ってしまって、結局いつも通りに落ち着いてしまったような気がします。

ううーん、もっと可愛いお話にしたかった！　精進、精進。

ともあれ、魔王で子連れで初恋でという属性てんこ盛りのお話、ようやく形になってほっとしています。

自分の萌えどころをたくさん詰め込んだのですが、「恋心を認められず本気で攻を殴る受とどれだけ殴られても平気な攻のペア」というのはなかなか書けないのでとても楽しかったです。暴力的なカップルって可愛くて好き……。

表面上は相手が何をしようが誰と寝ようが気にしないけど……という受ちゃんも鉄板で好きです。

最後にこの本を買ってくださった皆様に感謝を。

少しでも楽しんでいただければ作家冥利に尽きます。ありがとうございました！

http://karen.saiin.net/~shocola/dd/dd.html　成瀬かの

初出
「子連れ魔王の初恋成就」書き下ろし

CHOCOLAT BUNKO

この本を読んでのご意見、ご感想をお寄せ下さい。
作者への手紙もお待ちしております。

あて先
〒171-0014 東京都豊島区池袋2−41−6 第一シャンボールビル 7階
(株)心交社 ショコラ編集部

子連れ魔王の初恋成就

2020年5月20日 第1刷

著 者:成瀬かの
発行者:林 高弘
発行所:株式会社 心交社
〒171-0014 東京都豊島区池袋2−41−6
第一シャンボールビル 7階
(編集)03-3980-6337 (営業)03-3959-6169
http://www.chocolat_novels.com/
印刷所:図書印刷 株式会社

神さまの飯屋

成瀬かの
イラスト・伊東七つ生

運命の伴侶と、幸せになるはずだったのに——

俺には運命の相手がいる——。ついにその人が現れたという知らせに琳也は、幼い頃に祖父が教えてくれた異界——異形たちが住む常夏の「島」へと渡る。期待していたのは可愛い嫁。だが、そこにいたのは精悍な男だった。戸惑う琳也は、不機嫌丸出しの男・剛毅に元の世界に戻る方法を教えろと詰め寄られ、躯まで奪われてしまう。こんな奴とやっていくなんて無理！と思ったものの、剛毅が作ってくれた飯は涙が出るほどおいしくて——。